高家表裏譚7

婚姻

上田秀人

角川文庫
23743

目次

主な登場人物

吉良《きら》三郎義央《さぶろうよしなか》……高家の名門・吉良家の嫡男。吉良家を継ぐため、高家見習となる。

吉良義冬《よしふゆ》……左近衛少将。高家・吉良家の当主で三郎の父。

上杉綱勝《うえすぎつなかつ》……米沢藩主。保科《ほしな》肥後守の娘婿。

立花主膳正《たちばなしゅぜんのかみ》……幕府目付。三郎の行動に目を光らせる。

近衛基熙《このえもとひろ》……権中納言。五摂家《ごせっけ》筆頭の近衛家の若き当主。

小林平八郎《へいはちろう》……父の平右衛門とともに吉良家に仕える。三郎の側役で剣の使い手。

毛利綱広《つなひろ》……長門守。長州藩二代目藩主。毛利元就《もとなり》の子孫を自負する。

第一章　縁の始まり

一

米沢《よねざわ》藩主上杉侍従《うえすぎじじゆう》兼播磨守《はりまのかみ》綱勝《つなかつ》の妹三姫《さんひめ》のもとに嫁入りの話が届いた。

「縁談である」

妹を訪ねて奥へ出向いた上杉綱勝が三姫に告げた。

「お断りは」

「保科《ほしな》肥後守《ひごのかみ》さまを介しての台命《たいめい》じゃ」

将軍の指図だと上杉綱勝が首を横に振った。

「では、いたしかたございませぬ」

三姫が婚姻の話を受け入れた。

「相手を訊《き》かずともよいのか」

「訊いたところで、否やが申せぬならば同じこと」

すんなり認めた妹に兄が驚いた。

上杉綱勝と三姫は同母の兄妹であった。

「そなたのお相手は、吉良上野介《きらこうずけのすけ》どのである」

「吉良……高家《こうけ》の」

「そうじゃ」

怪訝《けげん》な顔をした三姫に、上杉綱勝がうなずいた。

嫁ぎ先を聞かされた三姫が愕然《がくぜん》とした。

「なぜ……」

「姉さまたちは、皆大名家に嫁がれたのに」

三姫の機嫌が悪くなった。

上杉家は関ヶ原《せきがはら》の合戦のおり、徳川《とくがわ》家と敵対したことで百二十万石といわれた領《と》地のほとんどを失った。とはいえ、軍神と讃えられた上杉謙信《けんしん》の名前は大きく、外様《ざま》大名のなかでも重きをなしている。

　そのおかげで三姫の姉たちは、それぞれ外様大名の雄である加賀《かが》大聖寺前田《だいしょうじまえだ》家、肥前鍋島《ひぜんなべしま》家といった名門へ嫁いでいた。

「仲立ちが保科肥後守さまだ。悪い話ではないと思う」

「……………」

　三代将軍家光《いえみつ》の異母弟として、幕政を左右する保科肥後守は上杉家と藩境を接している。さらに上杉綱勝の正室媛姫《せいしつはるひめ》は、保科肥後守の長女という縁もある。

「吉良は名族ぞ。たしかに石高は四千石ほどと大名には届かぬが、官位は当家と同じ従四位《じゅしい》じゃ。そのうえ、上野介どのはまだ部屋住みながら、朝廷から格別のお扱いを賜り、すでに従四位侍従の官位を与えられている。御上《おかみ》のお覚えもめでたき、優れた人物だと城中でも評判であるぞ」

　上杉綱勝が妹を説得した。

「断れぬのならば、妾《わらわ》は従うのみでございまする」

　三姫の声は硬い。

「むうう」

　上杉綱勝が妹の態度にうなった。

　というのもこの婚姻に対する反対が藩内でも強かったのだ。

そのほとんどは、家格の違いを理由としていた。

「あの高家と縁を結ぶなど」

なかには高家との縁組を忌避する者もいた。

格で反対する者は下士に多く、高家を嫌う者は上士に多い。

これは日頃高家とかかわっているかどうかの差であった。

高家は礼儀礼法を司《つかさど》る。江戸《えど》城内における将軍家謁見の次第も差配した。

「頭の下げかたが足らぬ」

「指先をしっかりそろえぬか」

役目柄というのもあるが、どれほどの名門、大大名にも横柄な態度をとった。

「これはなにかの」

「少し不足ではないか」

主君が将軍に謁見するときの介添えも高家の仕事である。とはいえ、無料でするほど甘くはない。もちろん、お役目であるかぎり、介添えはする。だが、挨拶《あいさつ》がなければ、隣に座っているだけで本当になにもしなかった。

いつ、頭を下げるのか、またいつ頭を上げていいのか、将軍から問われたときの

「釣り合いませぬ」

返答はとかくややこしい。

「それは……」

「なにをいたしておる」

もたついていると同席している目付から叱られる。

それこそ、初お目見えなどのときは、大いに戸惑う。

「そこではないわ」

座る場所はもちろん、平伏したとき、中指が何番目の畳の目に沿うかまで、細かい定めが山のようにあるのだ。

「家督を継ぐには、いささか早《はよ》うござったな」

「ご先祖が泣いておられるの」

子供であっても幕府も世間も遠慮はしてくれない。

「…………」

それでも泣くことはできず、言い返すことも許されていない。

「悔しいぞ」

「なぜ余がこのような思いをせねばならぬ」

いじめられて戻ってきた当主の怒りは家臣に向かう。

大名の機嫌次第では、放逐されることもある。

そうなっては、主君も家臣も不幸になる。

「このたび、我が主《あるじ》が……」

高家の機嫌をよくするために、前もって手配りをしておく。

そのとき、十分であればいいが、手元不如意のため金ではなく白絹あたりでごまかせば、

「お気遣い不要」

と突っ返されたり、

「今後、当家への出入りは遠慮いたせ」

と切り捨てられたりする。

さすがに名門上杉家を出入り禁止にはできないが、高家との交渉を担う留守居役《るすいやく》は、何度となく理不尽な扱いを受けていた。

というのも上杉家は世に聞こえるほど貧しいのだ。

百二十万石を三十万石に減らされた。

関ヶ原で徳川と敵対したのだから、潰《つぶ》されなかっただけましではあるが、いきなり藩の規模が四分の一になった。

当然藩の規模もそれに応じたものにしなければならない。

しかし、上杉家はここで無理をした。家臣の数をそのままにおいたのだ。

もちろん、藩の窮状を見かねた、行き先に心当たりがある、徳川と敵対した上杉の将来を見限ったなど、退身していった者もいたが、ほとんどが禄《ろく》を大幅に減らされても残った。

ようは人余りであった。

いくら質素倹約が家風、茶道具よりも武具をそろえるのがたしなみといった上杉家でも限界はある。

さすがに他人目《ひとめ》の多い江戸屋敷に勤番する者はそれほどではないが、国元の下士にいたっては、繕いだらけの衣服、帯代わりには荒縄、足下は自らが編んだ草鞋《わらじ》といったありさまで、百姓よりも貧しい日々を送っている。

当然、不満もたまっていた。

もとは禄を大幅に減らされても上杉家へ残ると決めた先祖が原因なのだが、代が変われば経緯は忘れ去られ、どうしてこんなに生活が苦しいのかということだけが大きくなってくる。

「合力《ごうりき》を願いたい」

そんなところに高家という絶えず絹物を身にまとい、毎夜、大名や公家《くげ》、大商人などと宴席をしている贅沢《ぜいたく》な格下との縁組は納得できない。

「とにかく当家を手助けしてくれるところに」

藩士たちの願いは逆なのだ。

なれど、現状はうまくいっていなかった。

長姉、三姉が嫁いだ加賀大聖寺前田家は十万石、物なりは悪くないが分家したときに造った陣屋を含む町作りで多額の借金を負っている。

また次姉を正室に迎えた肥前鍋島藩は三十五万七千石を誇る大藩であったが、かつての主家を抱えこんでいるうえに、多くの分家もある。しかもこれらを禄ではなく、藩内に別の藩があるような形で扱っている。

つまり本家筋、分家筋は藩内にありながら、その年貢を含む政《まつりごと》に本家は口出しできなかった。そこへ長崎に近いことで鍋島藩は福岡藩黒田《くろだ》家とともに、その警固を任じられてもいる。

三十五万七千石とはいえ、鍋島藩の本家が遣える金は、石高にして五万石余、わずか二万五千両ていどでしかなかった。

この二万五千両で、藩政をおこない、参勤交代し、江戸屋敷を維持している。とても正室の実家に手を伸ばすことはできない。

「なんとか三姫さまだけでも、裕福なところへ」

江戸よりも国元からの期待は大きかった。

そこに降って湧いた吉良上野介との縁談である。

「お断りいたしていただきたく」

家臣の大半が反対したのも当たり前であった。

「保科肥後守さまからのお話ぞ」

幕政の最高権力者のうえ、現将軍の家綱《いえつな》にとって叔父にあたる。天下に逆らえる者などいなかった。

それでも家臣たちが保科肥後守の名前を出したのは、上杉綱勝とは舅《しゅうと》と婿の関係になるからであった。

「そこに甘えることはできぬ」

上杉綱勝は認めなかった。

「藩のためでございまする」

家臣たちは引き下がらなかった。

「……のう」

じっと上杉綱勝が家臣たちを見つめた。

「ここで使ってよいのか、肥後守さまとの縁を」

主君の言いたいことに家臣は気づかなかった。

「このていどのことで使っていいのかと問うておる」

「…………」

もう一度訊かれた家臣たちが黙った。

「わかっておらぬとはの」

上杉綱勝が大きくため息を吐いた。

「どういうことでございましょうや」

家臣たちが戸惑った。

「肥後守さまは、将軍家補佐、すなわち大政を委任されておられる。まさに天下の執政じゃ。言わずともよいとは思うが、執政は不偏不党でなければならぬ。権力者が贔屓《ひいき》をしては天下が乱れる。たしかに余は肥後守さまの娘婿である。多少の無理はお願いできようが、重なれば贔屓になる。ゆえに使えるのはここぞというときでなければならぬ。ここでそれを使えば、次はない」

「……次がない」

聞いていた家臣たちが理解しようと繰り返した。

「今後転封《てんぽう》、減封《げんぽう》がないと言えるか。お手伝い普請もそうじゃ。それらのときに手助けは請えぬぞ」

「うっ」

家臣たちがうめいた。

「わかったならば、下がれ」

手を振って上杉綱勝は、家臣たちの抗議を却下した。

だが、家臣たちが納得したとは上杉綱勝も考えてはいなかった。かといってこれ以上家臣たちを押さえつけるのは難しい。

鍋島藩ほどではないが、上杉家も内部に火種を抱えている。

藩主が上杉謙信の血を引いていない。

武田《たけだ》信玄《しんげん》と並んで戦国最強とうたわれた上杉謙信は、戦勝のために女犯《にょぼん》の禁を立て、そのとおり生涯独身を貫いた。

生きている間は問題ないが、しっかりと決めた世継ぎがなければ死後家督を巡って争いが起きる。

しかも悪いことに上杉謙信は中風を数回経験していたにもかかわらず、跡継ぎを決めようとはしなかった。

結果、養子二人の間で争いになり、家臣たちもそれぞれに与《くみ》して刃を交えた。それだけならばままあることであった。新しい当主が決まれば、勝者と敗者に分かれ、報償や罰が与えられて終わる。

上杉が違ったのは、跡継ぎ二人の一人景勝《かげかつ》が、この戦いに勝利するため、仇敵《きゅうてき》であった武田に助力を求めてしまった。

なんとか景勝は勝利したが、川中島《かわなかじま》で何度となく争い、互いに殺し合った武田の下風につく。これが家中にひびを遺《のこ》した。味方した者たちが不満を持った。

勝ったとはいえ、足下は危うい。敵になった北条《ほうじょう》家からの養子景虎《かげとら》に従った家中の者を咎《とが》めるにも躊躇《ちゅうちょ》しなければならなくなってしまった。無理に土地を取りあげようとして、もう一度兵を挙げられたとき、前回手を貸してくれた者が兵を出してくれるとはかぎらない。

上杉景勝が蒔《ま》いた種は、そのまま枯れることなく、今も家中で埋もれている。

保科肥後守の前領主加藤《かとう》家、やはり近隣になる最上《もがみ》家など、家中が二分して争い潰されたり、形だけの継承として一万石ていどの小藩に落とされた例は枚挙にいとまがなかった。とくに徳川に敵対した過去を持つ上杉は、他家の倍以上注意がいる。

「……納得してはおるまい。このままではなんぞしでかす馬鹿が出かねぬ」

上杉綱勝は首を左右に振りながらぼやいた。

「家と家でだめならば、本人同士にさせればいいか」

事情はかなり異なるが、かつて二代将軍秀忠《ひでただ》の娘千姫《せんひめ》が、再嫁するとき家康《いえやす》から許可を得ていた坂崎出羽守直盛《さかざきでわのかみなおもり》ではなく、徳川四天王の一人本多忠勝《ほんだただかつ》の孫忠刻《ただとき》を自ら選んだという前例があった。

「三姫の決断であれば、これ以上文句は言うまい」

本人が嫁に行きたいと言えば、反対することは難しい。

「一度会ってみてはいかがかの」

こうして上杉綱勝は、三姫と吉良上野介三郎義央《さぶろうよしなか》との面会を提案した。

「会うだけでよろしければ」

兄とはいえ当主の勧め、三姫がうなずいた。

二

人というのは待つのが苦手である。とくに正しいと信じていないときに、じっと待機しているのは苦痛であった。

目付《めつけ》立花主膳正《たちばなしゅぜんのかみ》の家臣郷原一造《ごうはらいちぞう》は箱根の関所で待ち伏せるつもりだったのが、小《お》田原《だわら》藩から出されている関所番頭小角清左衛門《こかどせいざえもん》によって滞在を拒否されてしまった。

とはいえ、目付からの指示を完全に拒絶するのはまずかった。

表だってのものではないとはいえ、目付の機嫌を損ねるのは主君稲葉美濃守正則《いなばみののかみまさのり》の邪魔になる。老中《ろうじゅう》になったばかりの稲葉美濃守の足を引っ張ってはならない。

「関所の近くでなにか起これば、出張るのは当然」

小角清左衛門は暗に、郷原一造に協力すると言った。

「それならば」

郷原一造も小角清左衛門の言葉を呑《の》みこむしかなかった。目付の指図とは言っているが、相手は高家の跡継ぎで従四位下という大名をこえる格式を誇る三郎である。いかに目付が強権を持つとはいえ、江戸城中で、しかも衆目のなかでなにかをしでかしたというならばまだしも、遠く遠国での遣《や》り取《と》りでは後々が続かない。

一つでも歯車が狂えば、立花主膳正が滅びる。

高家には礼儀礼法監察の役目が与えられていた。

「そうではない」

「手本たるべき目付として不足」

城中で立花主膳正の一挙一動が高家によって見張られる。

失敗ができぬという緊張が、かえってしくじりを呼ぶことは多い。

「下城を禁じる」

それこそ歩きかた一つ、座る場所のちょっとしたずれ、それでも十分に咎めることはできた。

「どこにまちがいがある」

反論したところで、相手は礼儀礼法の専門家なのだ。

「口答えするとは、わかっておらぬようじゃな。そなたは室町《むろまち》の三代義満《よしみつ》公のおりに、小笠原修理大夫長秀《おがさわらしゅりだいぶながひで》どのが書かれた『三議一統』を精読したのか」

「精読……」

隅から隅まで覚え、理解し、体現できているのかと言われて、胸を張れるはずはなかった。

「存じておる」

「ならば、営中作法の何々について、ご教示願おうぞ」

言いわけしたはいいが、逆に突っこまれる羽目になる。

立花主膳正が日付の指示との証拠になり得る書きものを持たすことなく、家臣を一人関所へ出したのもいざというときに郷原一造を切り捨てるつもりだからであった。

「まだか、まだか」

箱根の関所を四へ出たところに並ぶ安宿に滞在している郷原一造は、旅人が集まってくる夜明けから、いなくなる日没まで街道筋で見張りを続けた。

いつ終わるかわからない繰り返しの日々、しかも厠《かわや》などで目を離したときに通過されては意味がない。緊張し続けた郷原一造の辛抱はもう保《も》たないところまできていた。

「いつまで待たすか」

ついに郷原一造は我慢できなくなった。

「じっとしているよりはましだ。探しに行く」

郷原一造が三島《みしま》へ向かうと決めた。

「関所の力添えなどなくとも」

主君から授けられた策を、郷原一造は捨てた。

「たかが従者を一人討ち、上野介を捕縛するだけ。簡単なことである」

「そうか、容易《たやす》いか。峠道を歩むさなかに吾《わ》が名を耳にしたかと思えば……」

踏み出した郷原一造に嘲笑《ちょうしょう》がぶつけられた。

「誰だ」

あわてて郷原一造が身構えた。

「……まさか」

街道の左側に立つ三郎と家臣の小林平八郎《こばやしへいはちろう》が郷原一造を見ていた。

「まさかではなかろう。待ち人が来たのだぞ。もっと喜んでくれねばの」

三郎があきれた。

「本物だ」

「やれ、吾《われ》の偽物が出るほど、人気者になっていたとはな。これでは江戸の町をおちおち歩くこともできぬわ」

わざとらしく三郎が首をすくめた。

「……吉良上野介だな」

「今頃、確かめるな」

確認した郷原一造に三郎が怒った。

「誰に頼まれたかは知らぬが、吾を捕らえて父への牽制《けんせい》とするつもりだったのだろうが。それで確認しなければならぬほどとは情けなし」

「なんだと」

元服したとはいえ、まだ三郎は十七歳でしかない。

若い三郎に侮られた郷原一造が怒った。

「生かしておけはいいとのこと、片腕くらいならば許されよう」

郷原一造が太刀を抜いた。

「わたくしが」

すっと小林平八郎が前に出た。

「従者か。まずはおまえを……」

「生かして捕らえまするか」

太刀を振りかぶろうとした郷原一造を気にもせず、小林平八郎が尋ねた。

「そうよなあ」

ちらと関所のほうを見た三郎が少しだけ考えた。

「無用じゃ」

三郎が生かしておかなくていいと言った。

「後ろにおる者を吐かせずとも」

「当家にかかわりない者と言われるだけ」

「そのようなことはない。儂《わし》は七日もここに待ち続けたのだぞ。きっと苦労には報いてくださる」

郷原一造が言い返した。

「うかつに主人の名前を出すかなと思ったが、そこまで間抜けではなかったようだ。残念、残念」

「こやつがあ」

煽《あお》る三郎に激怒した郷原一造が斬りかかった。

「届かぬ」

京でも十分真剣勝負をしてきた小林平八郎が、郷原一造の一撃を見切った。

よほど真剣に慣れていないと、その独特の迫力に負ける。

刃に触れるだけで皮膚が割け、深く入れば骨も断つ。人を殺すために生まれたのが刀である。

しかも初めて人を殺すつもりで手にしたのだ。郷原一造の腕や足が竦《すく》むのも当然であった。

「……どうだ」

振り落とした一刀が確実に致命傷を与えたと思ったのか、郷原一造が自慢げな顔をした。

「短いようだな、そなたの太刀は」

半歩も下がることなく、目の前五寸（約十五センチメートル）先を通過した郷原一造の切っ先を見送った小林平八郎が嗤《わら》った。

「えっ、え」

郷原一造が混乱した。

「一つ教えてやろう。太刀というのは思っている一歩先に踏みこまねば届かぬもの。次はそこを踏まえればいい。もっとも次はない」

小林平八郎が出した膝《ひざ》が大きく曲がるほど踏みこんで、郷原一造へ袈裟《けさ》懸《が》けを食らわせた。

「……がはっ」

左首から入った太刀に肺を切り裂かれた郷原一造が、口から血を吹いて倒れた。

「大義」

三郎が小林平八郎を褒めた。

「畏《おそ》れ入りまする」

小林平八郎が一礼して、太刀の手入れに入った。

「……来たな」

関所から駆け出してくる番士、足軽、小者を見た三郎が目つきを鋭いものにした。

「門の外でなにかあれば、ただちに報《しら》せよ」

小角清左衛門から言い含められていた足軽が、忠実に行動した。

ただ、ことが始まってから番所奥にいる小角清左衛門のもとへ報告に走ったのと、聞いた小角清左衛門がそれなりの人数を用意する手間のぶんだけ、初動が遅れた。

「平八郎、吾が相手をするゆえ、そなたはこやつのことを見知っておる者を探し出してくれ。集まっている連中のなかに一人や二人はおろう」

「はっ」

ここで三郎の警固がいなくなると躊躇《ちゅうちょ》するようでは、腹心たり得ない。

小林平八郎はすぐに反応した。

「そこな者、神妙にいたせ」

小角清左衛門が三郎に大声で告げた。

「拙者のことか」

怪訝な顔を三郎が見せた。

「そこに倒れている者に手を下したな」

「誰が」

「そちが斬ったのであろう」

三郎のわからないといった態度に小角清左衛門が苛《いら》ついた。

「拙者が斬ったのではないぞ」

「偽りを申すな」

小角清左衛門かしれっとしている三郎を怒鳴りつけた。

「ならば刀を検《あらた》めてみるか」

人や動物を斬れば、刀身に血脂が付く。そしてこの血脂は、懐紙《かいし》で拭いたくらいでは取れない。鹿の裏革などを使って根気よくこすれば、ほとんどわからなくはなるが、完全に取り去るとなると研ぎにかけなければならなかった。

「刀をこちらへ渡せ」

武装解除もできると小角清左衛門が手を出した。

「ほれ」

無造作に三郎は太刀を小角清左衛門へと差し出した。

「受け取れ」

小者はさすがに失礼だと、小角清左衛門が足軽に指図した。

「はっ」

手を伸ばしてきた足軽に三郎が笑いを見せた。

「後水尾《ごみずのお》上皇さまより賜ったものだ。気を付けろよ。落としでもしたら稲葉美濃守どのが腹を切ることになるぞ」

一瞬で笑いを消した三郎に足軽の顔色が紙のように白くなった。

「ほれ、離すぞ」

鐺《こじり》を握っていた三郎が太刀を揺らせた。

「ひいいい」

足軽が悲鳴をあげて腰を抜かした。

「どうした。刀が見たいのであろう。神君家康公にして畏るべきお方と評された後水尾上皇さまが御佩刀《ごはいとう》ぞ。拝見できるなど末代までの誉れ」

三郎が太刀の柄《つか》を小角清左衛門へ向けた。

「…………」

小角清左衛門が汗を流した。

「不思議よなあ。偽物と言わぬのはなぜじゃ。後水尾上皇さまのお刀など、そうそうにいただけるものではないというのに」

「………」

首をかしげる三郎に小角清左衛門が沈黙した。

「吾が誰か存じておるな」

「……知らぬ」

苦渋の表情で小角清左衛門が否定した。

「刀を検めぬのは、吾に問題はないと考えてよいな」

「うっ」

傲慢《ごうまん》さを三郎が前に出した。

「しかし……現に斬られた死体がござる」

少し小角清左衛門の口調がていねいになった。

「落ちているの」

「……落ちている」

三郎の言いかたに小角清左衛門が唖然《あぜん》とした。

三

「若さま」

そこに小林平八郎が戻ってきた。

「どうであった」

「この者の宿にずっと逗留《とうりゅう》していたそうでございまする。他にもあそこに茶店を出しておる者も、五日以上街道筋を見張るかのように立っていたことを覚えておりました」

問うた三郎に、小林平八郎が答えた。

「そうか。ご苦労であった」

三郎がねぎらった。

「そちらの御仁は」

小角清左衛門が三郎の用がすむのを見計らって尋ねてきた。

「従者じゃ」

「…………」

小林平八郎は無言であった。

「貴殿のお名前は」

「身分姓名を明らかにせぬ者に応じる気はない」

小角清左衛門の誰何《すいか》を小林平八郎が拒んだ。

「むっ。拙者は御上より箱根の関所を預かっておる小角清左衛門である。役儀によって問うもの」

小角清左衛門が告げた。

「……若さま、よろしゅうございますので」

名乗りを返してもいいのかと、小林平八郎が三郎に確認した。

「苦しゅうない」

三郎がうなずいた。

「吉良家の臣小林平八郎でござる」

いくら高家の家臣とはいえ、直参《じきさん》ではない。かといって小田原藩から出されている関所番も直臣格でしかなく、どちらが上かといえば、微妙な関係になる。

小林平八郎はへりくだらないていどの言葉遣いを選んだ。

「やはり役儀で問う。この男を斬ったのは貴殿か」

「いかにも」

訊いた小角清左衛門に、小林平八郎が首肯した。

「経緯を調べるゆえ、番所までご同道願おう」

小角清左衛門が少し勢いを取り戻した。

「その前に、見ていた者たちから話を聞くべきではないか。旅人は移動する。後ほどは通じぬぞ」

「それはこちらでいたしまする」

小角清左衛門が遮った。

「そこな宿屋の主《あるじ》、この者を存じておるか」

どう見ても関所番頭より偉そうに見える三郎の問いに、宿屋の主があわてて応じた。

「へえ。もう七日になります。ずっと当宿に泊まっておいでで」

「宿帳への記載は」

「……それが」

さらに質問した三郎に、宿屋の主が気まずそうな顔をした。

「宿帳など面倒だというお客が多く」

宿屋の主が記録を取っていないとうつむいた。

幕府だけでなく、各地の大名も永住していない者を警戒していた。その多くが年貢が払えず在所を逃げ出した百姓、主家を失った牢人《ろうにん》、罪を犯して姿をくらました無宿人などであったからである。

もちろん、なかには行商人や医術修業の者などまともな旅人もいる。

とはいえ、碌《ろく》でもない連中のほうが多い。

足が付くことを嫌う盗賊は、居所を定めず転々とする。護摩《ごま》の灰《はい》とも蠅とも言われる詐欺師も同じであり、適当に荒らしては他所《よそ》へと逃げる。

御法度の隠し遊女も捕吏に目を付けられれば、あっさりと逃げる。

ようは城下や宿場町の発展には一切寄与することなく、碌でもないことだけをする。そのいい例が、家光が死んだ直後に謀反を起こそうとした由井正雪《ゆいしょうせつ》の一党であった。由井正雪や丸橋忠弥《まるばしちゅうや》のような中心人物は、仲間を集め、機を窺《うかが》うため江戸に居を構えているが、集まってきた牢人たちは、それぞれの生活の場から江戸、あるいは大坂《おおさか》などへと動いていた。

こういった経緯もあり、浮浪の民への詮議《せんぎ》は厳しくなった。

一泊二食付いて数百文を取るような旅籠《はたご》だと、怪しい客は拒否した。枕探しでもされては宿の名前に傷が付くので、身元をしっかり確認せずに泊めることはなかった。

とはいえ、一泊数十文ていどの安宿で、決まりを厳密に守っていたら客は来てくれない。

「申しわけありません」

宿屋の主が泣きそうになった。

「安心いたせ。吾は咎めぬ。よくぞ、語ってくれた。平八郎、銀子《ぎんす》を取らせよ」

三郎が宿屋の主をなだめた。

「はっ。ちょうだいいたせ」

小林平八郎が三郎の指示に従って、小さな豆板銀《まめいたぎん》を宿屋の主に渡した。

「ありがとう存じまする」

宿屋の主が押しいただいた。

「…………」

小角清左衛門が苦く頬をゆがめた。

三郎が大仰なまねまでして、金を渡した理由がわかったのだ。話をすれば金がもらえる。そして関所番頭よりも偉そうな若い侍が安全を保障してくれる。

「他は」

「この者が、一部始終を見ていたと申しております る」

促した三郎に小林平八郎が茶店の亭主を突き出すようにした。

「へへっ、そこの茶店をいたしております る」

茶店の亭主は最初から下手《したて》であった。

「ご苦労である。話を聞かせてくれるか」

「お待ちあれ、上野介さま」

催促した三郎を小角清左衛門が制した。

「その者の話は番所で聞きまする」

続けて小角清左衛門が足軽たちへ指示を出した。

「連れていけ」

「はっ。来いっ」

番頭の指図を受けた足軽が茶屋の亭主の左腕を摑《つか》んだ。

「なにをしておるかっ」

「ひっ」

大音声《だいおんじょう》で叱り飛ばされた足軽が茶屋の亭主の手を離した。

「あわっ」

その勢いで茶店の亭主も転びそうになったが、さっと小林平八郎が手を出して支えた。

「な、なっ」

三郎の怒気を浴びた小角清左衛門も、おたついていた。

「吾が話を聞こうとしておるのを遮るとはなにごとであるか」

「せ、関所番の役儀として……」

「役儀、役儀と申すが、ここは関所の門外であるぞ」

小角清左衛門の言いわけを三郎が蹴《け》り飛ばした。

「ですが、これは関所のすぐ側であれば、関所破りと同じ扱いでよいはずでござる」

関所を正規の手続きを経ずして通過することを関所破りと呼び、有無を言わせぬ重罪であった。そして箱根の山中、あるいは芦《あし》ノ湖《こ》の水中などを利用しての関所破りを捕まえて処罰するのも関所番の役目であった。

正論で小角清左衛門が反撃した。

「宿屋の主に訊くが、枕探しの被害に遭ったことは」

「ございまする」

「そなたはどうだ。金を払わず逃げた客はおらぬか」

「しょっちゅうでございまする」

宿屋の主、茶屋の亭主が答えた。

「関所へ訴えたことは」

「ございます。峠を下る者は追いかけられませぬが、関所へ入った者については、捕まえてくれとお願いをいたしました」

三島へと向かわれると捕縛は難しい。とくに牢人や無頼などを一人で追うのは危険であった。しかし、その逆は箱根の関所である。幕府の使者でもないかぎり、一度は足止めを食らうことになった。

「捕まえてくれたかの」

「…………」

安宿の主と茶店の亭主が顔を見合わせて口をつぐんだ。

「よい。言わずともわかった。どうせ、関所へ入ることを許されなかったのであろう」

じろりと小角清左衛門を睨《にら》んだ。

「……うっ。それは手形を持たぬ者は関所に足を踏み入れてはならぬ決まりでござれば」

詰まりながら小角清左衛門が言った。

「なるほど。たしかにそれを許せば、関所破りを考える者が出てくるの」

「さようでござる」

すんなりと受け入れた三郎に、小角清左衛門が喜んだ。

「直接代金を回収することはあきらめよ」

「へえ」

「はい」

三郎の言葉に茶屋の亭主と安宿の主が肩を落とした。

「なれど安心するがよいぞ。そなたたちが関所には入れぬのだ。そしてこの辺りも関所の管轄である。となれば護摩の灰や食い逃げを捕まえて、その被害を関所が弁済してくれるからの」

「へっ」

堂々と言った三郎に、小角清左衛門が間の抜けた声を漏らした。

「なにを驚いている。管轄だというならば、罪人の捕縛はもちろんのこと、損害の肩代わりとまではいかぬが、捕まえた者から取りあげたものを返還くらいはせねばなるまい」

不思議な話ではなかろうと三郎が返した。

「………」

小角清左衛門が口を閉じた。

「さて、番頭よ」

「なんでござる」

あからさまに腰の引けた小角清左衛門が警戒した。

「こやつが七日ほどずっとここに立っていたというのはわかったの」

「……はい」

渋々小角清左衛門が認めた。

「不審とは思わなかったのか」

「人待ちをしているならば、珍しいことではございますまい」

三郎の問いに小角清左衛門が首を横に振った。

管轄外だという言いわけは使えない。

「たしかにそりであるな」

間違いではない。三郎がうなずいた。

「でござろう」

小角清左衛門がふっと気を抜いた。

「あやつはどこの手の者か」

そこを見た三郎が鋭く問うた。

「あっ、えっ」

とっさの受け答えができず、小角清左衛門が慌てた。

「目付だな」

可能性の高いところを三郎は口にした。

「な、なんのことやらわかりかねまする」

小角清左衛門が取り繕った。

「そうか。ならばこれまでとしよう」

三郎がすっと引いた。

「では通るぞ」

「どうぞ」

するりと口にした三郎に小角清左衛門が首肯してしまった。

関所の小田原側を出るまで我慢してきたのか、途端に小林平八郎が訊いてきた。

「よろしかったのですか。あきらかに関所番頭の小角某《なにがし》はあの男のことを存じておりましたでしょうに」

「落としどころだと考えたのだ」

三郎が応えた。

「たしかに、平八郎の申すように、あの愚か者が吾に手を出すことをあらかじめ知っていたであろう。ただ、それに与したわけではなさそうだ」

「与していないと仰せられますると」

小林平八郎が首をかしげた。

「与していたならば、外でするまい。関所のなかで難癖を付けてきたはずだ。さすれば、我らに逃げ道はない」

関所で濡《ぬ》れ衣《ぎぬ》を着せられて足止めをかけられては、二人がかりでも逃げ出すのは難しい。

「関所破りじゃ」

また逃げ出せたとしても、今度は言いわけのきかない罪を犯すことになり、無事に江戸へ戻れたとしても、目付の捕縛を避けられなくなる。

不満そうな態度を小林平八郎が取った。

「そう怒るな。関所番としてはああするしかあるまい」

小林平八郎の怒りは、小角清左衛門らの態度にあったと理解した三郎が苦笑した。

「それにな。勝負はこちらが勝ったのだ」

「こちらの勝利だと」

三郎の言葉に小林平八郎が怪訝そうな表情を浮かべた。

「吾と小角なにやらの会話を思い出してみよ」

「若さまと関所番頭の遣り取りでございますか……」

小林平八郎が思い出そうと黙った。

「よいか、吾が小角に会ってから、関所を出るまでだぞ」

「……あっ」

三郎の追加に、小林平八郎が思い当たった。

「お名乗りをなされておりませぬ」

小林平八郎が正解を口にした。

「そうよ。吾は吉良上野介と名乗っておらぬ」

三郎がうなずいた。

「つまり、吾は正式に箱根の関所をこえていないことになった」

当たり前のことながら、名乗れば文句なく通過できた。

「あの男の後ろにおる者が、目付なりの権を使って関所を通過した者を調べさせたところで、吾が三島から小田原へ抜けたという記録は見つからぬ」

「上洛のときに関所でお名乗りになっておられましたが……」

行きの記録のことを小林平八郎が気にした。

「病気療養に領地へ戻ることはおかしくあるまい」

大名、旗本は米客や行事ごとに煩わされる江戸を嫌って、わがままのきく領地での静養を選ぶ者は多い。

「ただ、いつ戻ってきたかわからなければ、困るだろう。そんな短期間で治るならば領地まで行かずともよかったはずだとか、それほど療養に手間がかかるならばお役目を辞退せよとかな。その手の攻め口がなくなる。長いか短いかわからぬのだからな」

「なるほど。ですが、一つ」

納得しかけた小林平八郎が疑問を呈した。

「どうやって江戸へ戻ったとなさるおつもりでございましょう」

「申してみよ」

行きの記録はある。だが、帰りの記録がない。そうなれば疑惑が浮上する。小林平八郎が懸念を表した。

「吉良庄《しょう》から江戸へ帰る方法はいくつもあるぞ。名古屋《なごや》から回船に同乗する、天竜《てんりゅう》川《がわ》沿いを遡《さかのぼ》って信濃《しなの》へ出て中山道《なかせんどう》をたどる。中山道下諏《しもす》訪《わ》の宿で甲州《こうしゅう》街道へ入る。他にも遠回りになるが倉賀《くらが》野《の》宿から日光《にっこう》御幣街道を通って、宇《う》都宮《つのみや》から奥州《おうしゅう》街道で戻る」

高家は公家の案内で京と江戸、京と日光を行き来することがある。三郎も父吉良義冬《よしふゆ》からそういったところも教えられていた。

「無茶な……」

小林平八郎があきれ返った。

「だが、できないわけではない。それが偽りかどうかを調べるのは目付の役目であり、吾の仕事ではない」

監察である目付には、なんのために訴追するかの正当な理由があった。そしてその正当さを主張するには、すべての解明が必須であった。

これが無役で五百石くらいの旗本ならば、多少調査に抜けや不備があっても目付の権威で押し切れるが、さすがに高家相手にそれは通じなかった。

ましてや徳川家に源氏《げんじ》としての系譜を差し出した吉良家なのだ。その傷は将軍にも及びかねない。今、目付と高家で城中礼儀礼法監察の綱引きがおこなわれているが、表に出るような派手なまねをしないのは、将軍家の耳に入ってはまずいからであった。

だからこそ目付は高家見習でまだ世間ずれしていない三郎に目を付けて、裏で罠《わな》を張っていた。

「がんばってもらおうではないか」

小田原の宿へ向かいながら、三郎が哄笑《こうしょう》した。

四

吉良左近衛少将《さこんえのしょうしょう》義冬は息子の縁談のことで上杉綱勝と話をしていた。

「このたびは、お妹君を吾が息子の室としてお迎えできること、まことに光栄と存ずる」

「当家こそ、まだしつけも行き届かぬ妹をご嫡子どのの妻としていただけること、望外の喜びでございまする」

城内の空き座敷で二人が対面した。

石高では上杉家が圧倒的に上になる。しかし、官位では吉良義冬が高い。

城中での席次は、吉良義冬が上座を占めた。

「婚姻は日を選んででよろしゅうございますな」

「お任せをいたしても」

上杉綱勝が日時は預けると首肯した。

高家は将軍家の婚姻、姫方の輿入《こしい》れも司る。

将軍が御台所《みだいどころ》として天皇あるいは宮家の姫を迎えるときは、朝廷の暦学博士、陰《おん》陽師《みょうじ》らが吉日を選び、それを高家が受け取る。

それに従って、婚姻の儀式が進められた。

いわば高家は婚姻の専門家であった。

「では、婚儀は格に応じたものでよろしいかの」

吉良義冬が上杉綱勝に念を押した。

「それでございまするが……」

上杉綱勝が気まずそうに口ごもった。

武家の婚姻は、夫と妻のものではなかった。町人と変わらない御家人だと、仲立ちする人もなく、女が己の夜具と着替え、茶碗《ちゃわん》だけを持ってきて、近隣、親戚《しんせき》を招いた酒宴をするだけで終わる。

だが、高禄の陪臣、名だたる旗本、大名の婚姻はそうはいかなかった。

そもそも婚姻が家と家との結びつきのためであった。

同盟あるいは和睦にもっともよいのが婚姻であった。血を交わすことで、代を重ねての繋《つな》がりを生む。

昨日まで殺し合っていた大名同士が婚姻をなすことで背を預け合う。その婚姻によって子ができれば、それは両家の血を引く。

もちろん、親子兄弟でも生き残りを賭けて戦うのが戦国大名であり、その食い合いに生き残ったのが、今の大名家であった。

となると誰だれの息子と娘が婚姻いたしましたというお披露目だけでは意味がなかった。

当家と某家が縁を結びましたと天下に広めなければならないのだ。

といったところで、日本橋《にほんばし》の高札に掲げるわけにはいかなかった。そもそも百姓や商人に報《しら》せてもしかたない。

ようは両家に付き合いのあるところへ届けばいい。後はそこから広まっていく。

そのため、婚儀はかなり面倒なものであった。

かならずしもこうとはかぎらないが、大名家の婚儀には三日かかった。

まず妻の実家である大名家で二日の宴席がおこなわれた。

多少の差異はあるが、妻側初日の宴会に新郎は足を運び、婿としての顔見せをする。この宴席は場合によって夜を徹してになるが、新郎も新婦も退席はしない。

続いて半日ほどの休息を挟んで、妻側で二度目の宴席が始まる。これには新郎は参加せず、妻を中心とした女が主体になった。嫁いだ妻の姉妹がいれば、戻ってきて参加する。これは夜更けにいたる前に終わる。

そして翌朝早くに妻は実家を後にして婚家へ移動する。このとき婿は嫁の実家まで迎えに出るか、自邸の大門前で出迎える。こうして妻の婚姻行列が着いて最後の宴席が男側の主催で開かれる。これは一日目のお披露目の逆で新郎側の客に妻を紹介するためのものになる。ただ一つ違うのは、この宴会の最後まで新郎と新婦は同席しなかった。二人は途中で退席し、新床での杯ごとをすませ、初夜を迎える。

他にも宴席すべてをすませた後、新郎が新婦を菩提寺《ぼだいじ》に連れていき、先祖への挨拶をさせるなどをする家もあるが、主要な行事ではない。

とにかく、大名同士の婚儀はこれだけ手間がかかった。

言うまでまでもなく、旗本ではあるが高家は大名に準ずる。当然、この三日に及ぶ婚儀は必須であった。

「いかがなされたかの」

吉良義冬が、ためらう上杉綱勝を促した。

「まことにお恥ずかしい話ではあるが、手元不如意でございまして……」

「まさか、婚儀をなしにと言われるのではなかろうな」

「そ、そうではございませぬ」

眉間《みけん》にしわを寄せた吉良義冬に、上杉綱勝があわてて手を振った。

「婚儀がないなど、野良犬が番《つが》うのではござらぬぞ」

「もちろん、重々承知をいたしておりまする」

怒りを増した吉良義冬に上杉綱勝が汗を流した。

「当家のことについてはよくご存じでございましょう。神君さまと矛を交わしたため、領地を大きく減らしましてござる。ああ、当家の先祖が悪いのであって、決して将軍家を恨むようなことはございませぬ」

相手が婚姻を結ぶ相手だとしても、城中で徳川家への不満を口にするのはまずかった。

「当然でござる」

吉良義冬がうなずいた。

「原因は当家にある。しかし、現実裕福ではございませぬ。また三姫の姉三人の輿入れからもあまりときは経っておりませず」

大名家の輿入れはどうしても、嫁入り道具一式を用意する妻の側の出費が多い。また、娘がいればどこかへ嫁がせなければならなかった。息子は極端な話になるが、嫡男だけ正式な婚姻をすればすんだ。跡継ぎさえ生まれれば、家は絶えなかった。逆にたくさんの息子に嫁を与えて、それぞれに子供ができれば、お家騒動のもとになりかねない。正式な婚姻は、せいぜい次男、三男まででいい。

しかし、娘はそうはいかなかった。よほどなにかないかぎり、娘はどこかへ嫁がせる。大名にとって親戚、一門を作るのは、万一のことがあったときの助けとなってくれるからである。大名だけでなく、家老職など重臣に娶《めと》らせて、その子に跡を継がせれば、藩内の安定にも繋がる。

とくに立場の弱い外様大名にとって、娘は大切な政治の道具であった。

「貴家のご事情は承知いたしたが、それと当家にどういったかかわりが」

上杉綱勝の話を聞いた吉良義冬は、知ったことではないと応じた。

「たしかに仰せのとおりでござる」

吉良義冬の言いぶんに上杉綱勝は同意するしかなかった。

「大聖寺前田家　肥前鍋島家の折にはできたが、吉良相手ではできぬとなれば……」

「お待ちあれ、左少将どの。なにとぞ、お平《ひ》らに、お平らに」

破談にしてもいいのだぞとすごんだ吉良義冬を上杉綱勝が一生懸命になだめた。

「十分とは申せませぬが、婚儀の費用を用意いたしましょう。ただ、そのためには情けなきことながら、借財をいたすことになりまする」

「ふむ」

吉良家も借財が多い。すでに年貢三年分をこえている。吉良義冬が少し落ち着きを見せた。

「借財をするには、勘定方《かんじょうかた》の承認が要り申す」

「命じられればよいではないか」

勘定方だといったところで家臣には違いない。主命を出せば逆らうことはできないはずであった。

「そうなのでございまするが……すでに三人の姫で」

情けなさそうな顔を上杉綱勝が見せた。

「要は家中で、この婚姻に反対をいたしている者がおると」

「さようでござる」

上杉綱勝が嘆息した。

「しかも……」

より申しわけなさそうに上杉綱勝が首を垂れた。

「姫が気に染まぬのでございますな」

ずばりと吉良義冬が突いた。

「恥ずかしい話でござる」

上杉綱勝が真っ赤になった。

「なるほど……三姫がその気になれば、家中を説得する大きな力になる」

「……………」

吉良義冬の理解に、上杉綱勝が無言で肯定をした。

「ふむう……」

吉良義冬が思案した。

「わかり申した。少し考えてみましょうぞ」

「お手数をおかけいたしまするが、なにとぞよしなにお願いをいたしまする」

首を縦に振った吉良義冬に、深々と上杉綱勝が頭を下げた。

なにごともなく小田原で身体を休めた三郎と小林平八郎の二人は、江戸へ足を進めた。

小田原から江戸までは、おおよそ二十里（約八十キロメートル）、二人の足ならば二日で届く。

「品川《しながわ》に着いたの」

「はい。なんとか日暮れにはお屋敷へ入れるかと」

右手の海原を見ながら口にした三郎に、小林平八郎も声を弾ませた。

「急ごうぞ」

三郎が歩みに力を入れた。

江戸も夕暮れになると浅草《あさくさ》などの遊里でもなければ、人出は減る。

「門限までには無理か」

「少し厳しゅうございました」

かなり日は傾いている。江戸城の白壁が夕陽に染められて紅くなっていた。

「燃えあがるような」

「若さま」

明暦《めいれき》の大火を思い出した三郎に、小林平八郎が声を低くした。

「であったな」

三郎が反省した。

今年の一月十八日の昼八つ（午後二時ごろ）本郷丸山《ほんごうまるやま》の本妙寺《ほんみょうじ》から始まった火事は、おりからの強風に煽られてたちまち江戸中に広がった。一度は収まったかに見えた火事だったが、翌朝再燃、江戸城天守閣を含めた城郭を全焼させた。

もちろん江戸城呉服橋《ごふくばし》御門内にあった吉良屋敷も灰燼《かいじん》に帰し、再建まで勝光院《しょうこういん》に仮住まいをしていた。

幸い、御門内にあった屋敷は、幕府の気遣いを受けて城内の再建に合わせて新築されたが、重代の家宝など多くの財を失った。

それもあって三郎は領地の大百姓に借財を頼んでいた。

「声をかけて参りまする」

呉服橋御門はすでに閉まっている。とはいえ、脇門は声をかければ通ることができた。

　小林平八郎が小走りに向かった。

「吉良家中の者にございまする」

「ご高家のお方か。お通りあれ」

　呉服橋など内郭門は、数万石ていどの外様大名と書院番が守っている。小林平八郎の求めに、番士が応じた。

「こちらへ」

　若さまと呼べは、三郎の正体が知れる。

　小林平八郎が気を遣って、三郎を手招きした。

「ご苦労に存ずる」

　番士に礼を言って三郎も続いた。

　呉服橋御門をくぐり、虎口《こぐち》を過ぎればもう吉良の屋敷である。

「門番、門番。用人小林平右衛門《へいえもん》が嫡男、平八郎でござる」

　当然、屋敷の門限も過ぎている。

　小林平八郎が潜《くぐ》り門を小さく叩《たた》いて名乗った。

「こ、小林どののご嫡男か」

すぐに潜り門が開いた。

「若さまのご帰還である。騒がぬように。殿はもうお戻りか」

夜に騒がしくするのは、周囲の気を引く。

小さな声で小林平八郎が告げた。

「わ、若さまの……」

急いで門番が大門を開けようとした。

「ならぬ。お忍びぞ」

あわてて小林平八郎が潜り門から入って、門番を止めた。

旗本屋敷の大門は城の大手門として扱われ、基本として当主、将軍の使者、一門など特別な者、婚礼、葬儀、年始とか特別なときでないと開かれない。

三郎は将軍家目見えもすまし、朝廷から官位も拝している。当然、その出入りに大門は開かれた。

しかし、大門が開くということは、三郎の出入りを周囲に報せるも同義であった。

日が暮れてからの来客はあり得ないし、当主吉良義冬はすでに屋敷にいる。少し目端の利く者ならば、これだけで三郎だと気づく。

「叱ってやるな、平八郎」

身を屈《かが》めて潜り門を通った三郎が小林平八郎をなだめた。

「はっ」

「お優しい」

小林平八郎がすぐに門番から離れ、門番が感動した。

「静かにの」

「承知いたしております る」

うなずきながら、門番が屋敷へと走っていった。

「わかってないようだな」

「後できつく叱っておきまする」

苦笑した三郎に小林平八郎が詫《わ》びた。

「父上にお目にかかる前に、旅塵《りよじん》を取らねばならぬ」

三郎が井戸を目指した。

関東は砂埃《すなぼこり》が立ちやすい。少し出歩くだけで、足袋《たび》は茶色くなるし、髷《まげ》に砂が張りつく。いかに久しぶりの対面、親子といえどもそれくらいは礼儀であった。

「……もうよいぞ」

井戸から水を汲《く》んだ小林平八郎に三郎が手をあげた。

「では、一度長屋へ戻らせていただきまする」

小林平八郎も父平右衛門へ報告をしなければならない。なにより長く会っていなかった息子の無事を、少しでも早く確かめたいだろうと気を遣った三郎に小林平八郎が深く頭を下げて、心持ち早足で長屋へと帰っていった。

「平八郎に妻を娶らせねばならぬな」

ふと三郎が腹心の境遇に思いを寄せた。

家臣は主君に付き従うもの。小林平八郎は三郎が元服する前から小姓役として付いてきた。それが三郎の元服に伴って、お付きの家臣となった。家臣といっても無禄の三郎が扶持《ふち》を与えることはできず、生活の糧は父親の小林平右衛門に頼っている。士籍という武士としての身分を保障するのも吉良家である。

だが、いずれ三郎は父義冬から家督を譲られて、吉良家の当主になる。そうなったとき小林平八郎は吉良家の用人となり、三郎の働きを支える立場になる。

旗本の用人は大名における家老にあたる。家政を預かり、家臣たちを統率する。さらに当主代行として他家との交渉ごとも担当する。

まさに当主の右腕である。

旗本のなかには、用人にできるほど有能な家臣がおらず、年季奉公で雇うところもあるというが、どうしても忠義は薄くなる。

数年から十数年で縁が切れるとなっては、真剣に働くはずもない。さすがに見つかれば、真っ向唐竹割りにされてしまうので、旗本家の金を横領するようなまねはしないが、出入りの商人から便宜を図る代わりに賄《まいない》を受け取ったりくらいは平気でやる。

「損を与えていない」

そういった連中は、直接の盗みをしていないからか、軽くものごとを考える。

商人がただで賄を渡すはずなどない。しっかりと用人に渡した金のぶんは納品した商品の代金に上乗せされているか、質の落ちる物に変えられている。

これは旗本家の損失になる。

また、いずれ去るとわかっているからか、家内の情報を平然と漏らす。

「ご嫡男さまが町人の女に手を出して孕《はら》ませたらしい」

「領地の物なりが悪く、今年の収入は三割減だそうだ」

「たしかに蔵の奥に正宗《まさむね》の刀があった」

その家の追い落としを考えている者、金の取り立てを求めている者、果ては盗賊にまで内情を教えるような質《たち》の悪いのもいる。

いかに算盤《そろばん》が使えて、帳面が書けても譜代《ふだい》の家臣でないと、どこか穴ができてしまう。

有能で忠誠心に溢《あふ》れる家臣は、どこも貴重なのだ。

「嫁取りをして、跡継ぎを儲《もう》けさせぬと……」

譜代というのは、親子二代でできるものではなかった。少なくとも三代、できればそれ以上が好ましい。

もちろん、譜代の家臣が裏切ることもある。

織田信長《おだのぶなが》における林秀貞《はやしひでさだ》、徳川家康における石川数正《いしかわかずまさ》など、両手の指では足らないくらいその手の話はあった。

しかし、代を重ねないと家臣の帰属意識が深くならないのも確かなのだ。

「この子のために」

親として子供に持つすべてを譲りたいと願うのは当然のこと。

「父上に相談してみるべきか」

ざっと砂埃を落とした三郎が、屋敷へと足を向けた。

第二章　都合と想い

一

吉良義冬《きらよしふゆ》は一回りも二回りも大きくなって帰ってきた息子三郎《さぶろう》を、しっかりと見つめた。

「父上、ただいま戻りました」

埃《ほこり》を落としただけで、まだ旅装を解いてもいない三郎が父に面して、帰還の挨拶《あいさつ》をした。

「よく無事に戻った」

吉良義冬がうなずいた。

「いえ、勝手に滞在の期間を延ばしましたこと、お詫《わ》びいたしまする」

最初に三郎が頭を下げた。

「かまわぬ。京都所司代《しょしだい》に咎《とが》めを受けたとか申すのならば、別であるが」

公的に問題なければどうということはないと、吉良義冬が首を左右に振った。

「ありがとう存じまする」

三郎が顔をあげた。

「話を聞こう」

吉良義冬が報告を求めた。

「まず吉良庄《しょう》で……」

在所の報告を最初に三郎がした。

「塩作りは無理か」

「はい。当家の領地にある海岸は砂地が少なく、岩地がほとんど。とても塩田を作ったところで売れるほどにはならぬかと」

三郎が難しいと言った。

「よき金になるかと思ったのだが……」

「技術あるものを招き、少ない砂地を塩田に変える。それだけの費用が賄えますかどうか」

「十年、二十年先を見越しても無理だな。当家にそれだけの金はない」

小さく息を漏らして、吉良義冬が製塩をあきらめた。

「矢作《やはぎ》川の水運に運上《うんじょう》をかけられては」

三郎が提案した。

運上とは年貢のようなもので、船一艘《そう》につきいくらとか、積み荷一荷ごとにいくらとかを徴収する。

「水運の運上か」

聞いた吉良義冬が思案し始めた。

「…………」

邪魔をしてはいけないと三郎は黙った。

「一考に値するな。ただ、あの辺りは尾張《おわり》さまの影響がある。すべてに運上をとはいかぬぞ」

少し考えた吉良義冬が保留だと述べた。いかに高家といえども御三家には遠慮しなければならない。

「差し出たことを申しました」

「いや、よく家の未来《さき》を考えた。褒めてつかわす」

小さく頭を傾けた三郎を、吉良義冬が褒めた。

「京についてはどうであった」

吉良義冬が本題に入った。

「近衛《このえ》さまのお屋敷で逗留《とうりゅう》をお許しいただき……」

いかに三郎、多治丸《たじまる》と呼び合う仲でも、それは二人の間での話であって、父親相手にそうは言えない。

「お屋敷に滞在させていただけたか。それは重畳《ちょうじょう》である」

吉良義冬が三郎と近衛基熙《もとひろ》の交流が本物だと知って喜んだ。

「ご歓待をいただきましたうえ、装束の手配も出入りの商人にお指図くださいましてございまする」

「うむ、うむ」

何度も何度も吉良義冬がうなずいた。

「他になにかあるか」

「……申しあげにくいのでございまするが……」

機嫌のいいまま続けて尋ねた父に、三郎が言いにくそうに語った。

「……」

すべてを語られた吉良義冬が絶句した。

「……父上」

しばらく様子を見ても固まったままの吉良義冬に、三郎が恐る恐る声をかけた。

「……朝廷の権力争いに巻きこまれたと」

「不本意ではございましたが……近衛さまに危険が迫ったのを、見逃すこともできませず」

「いや、近衛さまになにかあっては当家にも影響が出る。ようやく摑《つか》んだ朝廷との太い繫《つな》がりを失ってしまう」

吉良義冬が怒っていないと三郎に示した。

「弾正尹《だんじょうのいん》と頭中将《とうのちゅうじょう》に高位の女官。そしてその背後には……」

さすがに天皇の名前を出すことはできない。

吉良義冬が濁した。

「御拝謁を賜りましてございまする」

「……まことに」

後西《ごさい》天皇と会ったと言った三郎に、吉良義冬が目を剝《む》いた。

「はい」

「近衛さまのお手引きか」

「いえ、後水尾《ごみずのお》上皇さまより、帯刀侍従を命じられまして」

「なぜ上皇さまが出てくる」

「近衛さまから御謁見の気配りをいただき」

「馬鹿な……」

後水尾上皇にも会ったと知った吉良義冬が顔色を変えた。

「他にはないだろうな」

「もう一つ」

「ま、待て」

二代将軍徳川秀忠《とくがわひでただ》の娘で、後水尾天皇の中宮《ちゅうぐう》として入輿《にゅうよ》した和子《かずこ》のことを告げようとした三郎を吉良義冬が制した。

「気を落ち着かせる。まだ言うなよ。誰ぞ、白湯《さゆ》を持て」

吉良義冬が休息を要求した。

「……よし」

白湯を飲んで吉良義冬が肚《はら》を据えた。

「もう大事ない。申せ」

ぐっと吉良義冬が下腹に力を入れた。

「和子さまにもお声を賜りましてございまする」

「神君家康公のお孫姫、いや……後水尾上皇さまの中宮の」

「さようでございまする」

確かめた吉良義冬に三郎が首肯した。

「いかに仙洞御所《せんとうごしょ》とはいえ、よくぞ和子さまへお目にかかれたものだ」

吉良義冬が驚愕《きょうがく》した。

譲位したとはいえ先々代の天皇、その中宮である。仙洞御所の奥深くで、表に出ることもなく、物静かに暮らしているはずである。とても江戸《えど》から来ました旗本でございますでは目通りなどできるはずもなかった。

「後水尾上皇さまに御用でもあられたのか、表にお見えになられまして」

「偶然か。偶然だな」

吉良義冬が念を押した。

「とは思いまする」

三郎も和子の考えまではわからない。推測で肯定するだけであった。

「ならばよし……とする」

みょうな間を吉良義冬が開けた。

「難しいお方でございまするや」

その様子に三郎が首をかしげた。

「うむ。二代秀忠公の姫君、すなわち御当代家綱《いえつな》公の叔母《おば》さまに当たるだけでなく、後水尾上皇さまの中宮さまだ。それこそ公方《くぼう》さまが、立ちあがってお出迎えせねばならぬお方だ」

「公方さまが立ってお迎え……」

吉良義冬の説明に三郎が息を呑《の》んだ。

「なにかお言葉はあったか」

「甥《おい》は息災かと」

「公方さまのことをお気遣いくださったか」

「続けて、もう妾《わらわ》のことは失念せよと。ただ後水尾上皇さまと静かに添い遂げたいだけだとも」

安堵《あんど》した吉良義冬に、三郎が残りの発言を述べた。

「…………」

いたいたしそうな表情で吉良義冬が目を閉じた。

「……ご苦労をなさったからのう」

しみじみと吉良義冬がため息を吐いた。

「三郎」

「はっ」

吉良義冬が三郎を見つめた。

「これで終わりだな」

「人にかんしては」

「……どういうことだ」

息子の言動に吉良義冬が警戒を強めた。

「これを」

三郎が右手に置いていた太刀を、柄《つか》を先にして父に差し出した。

親子の間でも刀の受け渡しには作法があった。不意に抜き打ちができないよう、差し出す側は鐺《こじり》を持ち、柄を先にした。

「……見たことのない拵《こしら》え、当家のものではないな」

よくある鮫肌漆塗りの鞘《さや》に吉良義冬が違和を覚えた。

「拝見……」

礼儀として太刀を見るときは、息がかからないように懐紙を口にくわえる。

「……」

鞘から太刀を抜いた吉良義冬が刀身をなめるように見た。

「……見事な造りだな。直刃《すぐは》に多い小乱れ波紋。反りも強く、細身。古刀写しと観た」

「さすがは父上」

高家《こうけ》は礼儀礼法の専門家であるだけでは務まらなかった。公家《くげ》との付き合いもしなければならず、そのためには茶碗《ちゃわん》、書画、刀剣などの目利きも必須の教養であった。

「近衛さまからのいただきものか」

京造りと観た吉良義冬が推測した。

「中子《なかご》を」

三郎が柄のなかに隠れている刀身の端を確認するように勧めた。

「であるな」

刀の目利きは中子をもって完結する。

言われた吉良義冬が鞘と刀身を留めている目釘《めくぎ》を外した。

「…………」

もう一度懐紙をくわえ、そっと刀身を柄から出した吉良義冬が一点を凝視した。

「……まさか」

吉良義冬がじっと中子を観た。

「十六弁菊文様」

「後水尾上皇さまからお預かりしたご帯刀を、そのまま拝領仕りました」

初めて後水尾上皇の侍従として供をしたときの刀だと三郎が告げた。

「畏《おそ》れ多い」

吉良義冬が刀を押しいただいた。

「……三郎よ」

「なにか」

「拝見したが……刀身に血脂が見える。まさか……」

「斬りましてございまする。上皇さまから怨敵を滅すべしとの勅を賜りましたので、近衛さまを襲いに来た者を迎え撃ちましてございまする」

堂々と三郎が胸を張った。

「ついでと申してはなんでございまするが、近衛さまのお屋敷に無頼どもが押し寄せたとき、それを斬り伏せた小林平八郎《こばやしへいはちろう》も権中納言《ごんのちゅうなごん》さまよりお刀を拝領いたしております る」

「平八郎もか……」

吉良義冬がなんとも言えない顔をした。

「家臣といえども、直々に賜ったものを主家が取りあげるというわけにはいかぬ。近衛さまに聞こえたとき、気分を悪くなさるだろうからの。ただし、釘は刺しておけよ。家宝としてずっと大切にせよと。まちがえても使うようなまねを……三郎、その顔はなんじゃ。使ったのか」

念を押していた吉良義冬が三郎の変化に気づいた。

「その、じつは帰途、箱根関所の前で待ち伏せを受けまして、平八郎が……」

三郎が郷原一造《ごうはらいちぞう》との遣《や》り取《と》りを含め、箱根《はこね》関所番小角清左衛門《こかどせいざえもん》とのことも伝えた。

「……馬鹿はいなくならぬものだ」

吉良義冬が首を横に振った。

「その馬鹿でございますが……」

「目付だろうな」

郷原一造と小角清左衛門を操っていた者のことを尋ねた三郎に、吉良義冬が答えた。

「やはり目付でございまするか」

三郎が重い息を吐いた。

「凋落《ちょうらく》激しい大目付も裏では必死に蠢《うごめ》いているようだが」

大名取り潰《つぶ》しによる牢人が増えたことで、大目付はその権限である大名監察の実権を取りあげられた。かろうじて監察以外の役目と格式などはそのままとなったが、今では功成り名を遂げた旗本の隠居役とされて、日がな一日芙蓉《ふよう》の間で茶を飲み雑談をするだけである。

大目付で手柄を立て、かつての柳生《やぎゅう》家のように大名へ立身したいと願っている者はいる。いや、ほとんどがそうと言えた。でなければいろいろな役職を経験しつつ、失策を犯すことなく手堅く出世などできるはずもない。大番頭《おおばんがしら》のように戦がなくなって、それ以上の出世が難しいというのではないだけに、なかなか落ち着きは難しい。しかも獲物が大名、いわば競争相手なのだ。蹴落《けお》とすのになんの斟酌《しんしゃく》も遠慮も不要。さらに大目付の職務を奪った形の目付だが、正式に幕府から大名の監察を命じられたわけではなく、江戸城中での振る舞いのみ監察できるだけなのだ。

大目付たちが失われた栄光を取り戻そうとするのは当然であった。

「吉良家は格別の家柄ではあるが、大名ではない。大目付に手を出すだけの権も、その意味もない」

「たしかに」

三郎が首を縦に振った。

「では他の誰かとなると、該当者がおらぬ。同じ高家が肝煎《きもいり》である当家をうらやんでと思ったところで、箱根の関所は協力すまい。関所の番士を引きこめるだけの力を持つ者とあらば、道中《どうちゅう》奉行か、目付。道中奉行は大目付の一人が兼務する慣習じゃ」

「残るは目付だけでございますな」

吉良義冬の結論を三郎も受け入れた。

「目付の誰かは訊《き》いておらぬのだな」

「問い詰めたところで口にするはずはないと」

「そうじゃな。目付の指図でもなければ、関所番頭が与《くみ》するはずもなし。なにより高家より目付に重きを置いたと白状することになる。そうなれば、小田原《おだわら》藩主稲葉《いなば》美濃守《みののかみ》どのは終わる」

「終わりましょうか」

老中《ろうじゅう》の権限は大きい。三郎が疑問を呈した。

「相手が老中であろうが、加賀《かが》百万石であろうが、高家がその気になれば容易に潰せる。いったところで大名どもなど、血なまぐさき戦国を生き抜いた連中よ。武力はあれども雅《みやび》など知りもせぬ。そして今は泰平。戦はなくなり、格式がすべてを決める世じゃ。礼儀礼法が槍《やり》であり、刀なのだ」

「…………」

黙って三郎は聞いた。

「その槍や刀を持っているのが我らじゃ。つまり我ら高家がこれは槍だと言えば、杖《つえ》も槍になる。これぞ刀なりと見せれば薪《まき》でも名刀になる」

「いくらでも好きにできると」

「そうじゃ。これからの御上《おかみ》は、高家が仕切る」

うなずいた吉良義冬が宣した。

二

一通りの報告を終えた三郎に、吉良義冬がくつろげと手で合図した。

「そちらの話は終わったな」

「はい」

「まったく、何度息が止まるかと思ったわ」

うなずいた三郎に吉良義冬が苦笑を浮かべた。

「申しわけございませぬ」

あらためて三郎が謝罪した。

「いや、詫びずともよい。そなたも十分に経験いたしたようであるしな」

「畏れ入りまする」

武家では親子でも当主と嫡男の間には、厳密な区別がある。三郎はていねいな対応を崩さなかった。

「それもよしである。聞けば他家においては、親子の間で礼儀を敬わずに過ごすという者もいると聞く」

「それでは秩序が保てますまい」

三郎が驚いた。

「なればこそ、我ら高家は一層厳しく指導をせねばなるまい」

決意を見せた吉良義冬に、三郎はまぶしいものを見るような目をした。

「さて、今度は儂《わし》のほうから、そなたへ報《しら》せることがある」

「なんでございましょうや」

三郎が姿勢を正した。

「そなたの縁談が調った」

「縁談でございまするか」

不意打ちを食らったかのような表情を三郎が見せた。

「ふふっ。そなたのそのような顔は久しぶりじゃ」

吉良義冬が笑った。

「これは」

三郎が恥じた。

「まあいい。気になる相手だがな。上杉《うえすぎ》じゃ」

「宮内大輔《くないたいふ》さま」

同じ高家に上杉宮内大輔長貞《ながさだ》という関東管領だった上杉家の後胤《こういん》がいる。高家見習として城中にあがったことのある三郎とも面識はあった。

「まさに」

「そちらではない。米沢《よねざわ》の上杉よ」

「米沢の……それはまた」

三郎が素直に驚いた。

米沢三十万石上杉家は代々の当主が従四位下《じゅしいのげ》に位階を進める吉良家と肩を並べる名門であった。

吉良義冬の正室《せいしつ》で三郎の生母でもある茂姫《しげひめ》は、老中だった酒井左近衛権少将《さかいさこんえのごんのしょうしょう》忠勝《ただかつ》の弟で旗本酒井紀伊守忠吉《きいのかみただよし》の娘であった。老中の姪《めい》とはいえ、実家は旗本で従《じゅ》五位下《ごいのげ》でしかない。確実に三郎の相手が上であった。

「しかもだ。仲立ちは会津《あいづ》中将さま」

「保科肥後守《ほしなひごのかみ》さまが」

幕政の頂点の保科肥後守が仲人をする。その意味はとてつもなく大きい。

もちろん、保科肥後守も永遠に生きるわけではない。どれだけの隆盛を誇ろうが、どこかで勢いは途切れる。鎌倉《かまくら》幕府を創った源氏《げんじ》が、たった三代で潰《つい》えたように、まさにおごれる者久しからずである。だが、現状では最高であった。

「三姫《さんひめ》という」

「……三姫」

聞いた花嫁の名前を三郎が繰り返した。

「めでたき仕儀ではあるが、一つ問題がある」

「なんでございましょう」

三郎が首をかしげた。

「上杉の家中で婚姻への反対をする一派があるらしい」

「はあ」

父の言葉に三郎が啞然《あぜん》とした。

凡百の大名では及ばない高家肝煎の吉良家との縁組を反対する。それも保科肥後守が持ってきた話を。

どれほど米沢上杉家が大大名であっても、拒めばどうなるかくらいはわかっているはずである。

まず、高家が米沢上杉家の指導を引き受けなくなる。藩主が江戸城で恥をかく、これがどれほど大きなことであるか。

「播磨守《はりまのかみ》は世間を知らぬ」

「今後の付き合いは考えよう」

高家と仲違《なかたが》いした段階で、巻きこまれることを恐れる者たちから距離を置かれる。

確実に三姫は大名、旗本への嫁入りができなくなった。

「下がって謹慎しておれ」

礼儀礼法で咎めを受けるだけならまだしも、

「そうか、岳父である余の仲立ちでは気に入らぬか」

保科肥後守が面目を潰されたと怒る。

「媛《はる》は返してもらう」

娘を離縁させ、上杉家との関係を断つ。

米沢上杉家は幕府という槍と戦うための鎧《よろい》を失う。

「潰れては大変じゃ」

「借財を回収せねば」

聞き耳の聡《さと》い商人が逃げ出す。

二度と上杉家へ金を貸す者はいなくなる。

「上杉を少し動かすべきじゃな」

関ヶ原《せきがはら》の傷は帳消しにはなっていない。宇喜多《うきた》、小西《こにし》、大谷《おおたに》、石田《いしだ》と共に徳川と敵対した大名たちは潰され、当主は討ち取られるか、流罪、斬首になった。それに比べれば上杉の扱いは甘い。

いつかその帳尻《ちょうじり》を合わさねばと思い出す者が出ないとはかぎらない。

「米沢に上杉を移し、残すべしと神君がお決めになったのだぞ」

そのとき保科肥後守が反対に回れば、米沢上杉家は守られる。

「愚か者でございますな」

嫌そうな顔を三郎がした。

「たしかにな。己の立場がわかっておらぬ」

吉良義冬も息子の意見に同意した。

「だからと申して、他の家に口を挟むわけにはいくまい」

大名は一つの独立したものとして扱われ、よほど大きな一揆《いっき》を起こされるとか、お家騒動でもないかぎり、幕府でも手出し、口出しはしない。いや、できなかった。

「播磨守さまはどのように」

上杉綱勝が反対ならば、話は中止したほうがいい。三郎が問うた。

「播磨守どのは、是非にと希望しておる」

吉良義冬が告げた。

「家中を抑えきれぬとあれば、いささか」

三郎はこの縁談に乗り気ではなくなってきた。

家臣たちを抑えきれない、あるいは説得できない藩主では、いつお家騒動を起こされるかわからない。会津にあった大藩加藤《かとう》家の騒動も当主と筆頭家老が仲違いしたことで始まっている。もし婚姻関係を結んでから米沢上杉家になにか失点ができれば、姻戚《いんせき》ということで吉良家にも影響が出かねないのだ。

「たしかにそうなのだがな、仲立ちがな」

「肥後守さまでございましたな」

注意した父に息子が首肯した。

米沢上杉家ほどではないが、吉良家も保科肥後守へは気を遣わなければならなかった。

「では、いかがいたせば」

父ならば解決策を持っていると三郎は信じていた。

「つい先日、播磨守どのと二人だけで話す機会があっての……」

吉良義冬が上杉綱勝との会談について語った。

「はああ。わたくしに三姫を落とせと」

三郎が大きなため息を吐いた。

「できるだろう」

「わかりませぬ。女のことなど知りませぬゆえ」

そう言われた三郎が首を左右に振った。

「京で遊ばなかったのか」

吉良義冬が驚いた。

「そのような状況ではございませぬ。名刹《めいさつ》名勝もなに一つ観ておりませぬ」

「なんと。京女を抱かなかったとは……よもやとは思うが、そなた小林平八郎と念《ねん》友《ゆう》の契りを交わしておるのではなかろうな」

念友とは男色関係のことを言う。吉良義冬がいつも一緒にいる小林平八郎との間を疑った。

「ございませぬ」

あらぬ疑いに三郎が抗議した。

「ならば、吉原《よしわら》へ行くか」

吉良義冬が口にした。

言うまでもなく、吉原は江戸唯一の御免色里《ごめんいろさと》であった。明暦《めいれき》の火事の後、幕府によって日本橋茅場町《にほんばしかやばちょう》付近から浅草《あさくさ》の外れ日本堤《にほんづつみ》へと移設を命じられていた。

呉服橋《ごふくばし》御門から、かなり離れている。そこまで行かなくとも、途中に岡場所《おかばしょ》はいくつもある。とくに火事で住む家や財産を失った町人や微禄の御家人が金のために娘を売ることが増えたため、雨後の竹の子のように許可を受けていない遊郭があちこちにできていた。

とはいえ、旗本、それも高家の息子が、その辺で遊女を買うわけにはいかなかった。許可なしの遊郭は当然御法度であり、いつ町奉行所の手入れがあってもおかしくないのだ。

もし町奉行所が入ったときに、三郎が岡場所にいたらどうなるか。旗本に町奉行所は手出しができないため、三郎を捕縛することはないが、確実にそれを町奉行は利用してくる。

「ご子息が……」

武士のなかでも高貴な身分である高家の嫡男が、悪所で遊んでいたなど世間に知れては大恥である。

「かたじけない」

吉良義冬は町奉行に借りを作ることになる。

それですむならまだましなのだ。

町奉行と目付は連携がなされていた。これは目付が訴追しようとした旗本が逃げ出し、城下に潜伏したとか、屋敷に籠《こ》もって抵抗したときなど、江戸城下にかぎるが町奉行所から捕吏を出す。目付を経験して遠国《おんごく》奉行、そして町奉行という出世が多いこともあり、両者の関係は深い。

「このような者が……」

悪所で遊んでいた三郎を、町奉行が目付に引き渡す。

こうなれば、吉良は目付の軍門に降《くだ》るしかなくなった。

吉原にはその恐れがなかった。なにせ徳川家康の意を受けた本多佐渡守正信《ほんださどのかみまさのぶ》が、関ヶ原の合戦の後に、北条《ほうじょう》家牢人庄司甚内《しょうじじんない》へ江戸の遊女をまとめるようにとの書状を与えている。これが吉原をして御免色里となした根幹であり、求めがなければ町奉行所はその郭内へ入ることはできなかった。

言わずもがなであるが、非公認の岡場所が流行《はや》るのは安く簡便だからであり、吉原だと遊女を求めるにもいろいろなしきたりや、高額な料金の支払いが要る。吉良家ぐらいだとその金額も耐えられるが、二百石や三百石にはかなり敷居が高かった。

「吉原で女を学ぶことができましょうか」

三郎が訊いた。

「まちがいなく学べるが……少しときに余裕がないな」

吉良義冬が眉間《みけん》にしわを寄せた。

「ときに余裕がないとは、いかがな話でございましょうや」

怪訝《けげん》な表情で三郎が質問を重ねた。

「米沢上杉との話は早急に進めねばならぬ。ゆっくりしていると要らぬ邪魔が入りかねぬ」

「そのようなことが」

「うむ。高家と名門外様《とざま》大名が繫がることをよしとせぬ者は確実におる」

「警戒されると」

「そうだ。吉良の後ろに力を持つ米沢上杉が付き、御上に抵抗できぬ米沢上杉を高家の吉良が助ける。まさに鬼に金棒であろう。それを危惧《きぐ》する者は高家のなかにもある。外様大名のなかにもある」

三郎の疑問に吉良義冬が応じた。

「外様大名が嫌がるのはわかりまする。本来ならば米沢上杉に押しつけられたはずのお手伝い普請などが、当家の嘆願で免除になる。となれば、その負担は他の外様大名へと向かう」

「そうじゃ。もう一つ、高家が嫌がる理由はわからぬか」

「……わかりませぬ」

もう一度考えた三郎が、首を横に振った。

「高家肝煎が吉良家のものとなるからじゃ」

肝煎とは、他の役職でも同じだが、長くその座にあり、手慣れている者が就く。いわば、指導役であった。

別段、肝煎になったところで扶持米《ふちまい》がもらえたり、加増されたりするわけではないが、対外的には有利になる。

「なにとぞよしなに」

高家へ頼みごとをする者にとって、肝煎という肩書きは大きな目安になる。

「承知いたした」

肝煎が引き受ければ、まず他の高家が文句を付けてくることはない。安心なのだ。

そして頼みごとには礼金が付きものである。肝煎になると、確実に余得が増える。

「金でございますか。腑《ふ》に落ちましてございまする」

三郎が理解した。

「保科肥後守さまに勝てるとは思わぬが、油断していては足を掬《すく》われるやもしれぬ。慶事は急げというのも、邪魔が入る前に固めておけとの意味である」

「それと吉原が、どうして」

続けて三郎が質問した。

「吉原は格式を誇る」

「遊郭が……格式を」

聞いた三郎が驚愕した。

「侮るな。吉原は神君家康公が関ヶ原へ向かわれるとき、品川《しながわ》で湯茶の接待をした女を迎え入れているのだぞ」

「神君……」

三郎があわてて姿勢を整えた。

幕府にとって、旗本にとって、徳川家康は神であった。乱世を制し、天下を手中にした家康は、東照大権現《とうしょうだいごんげん》として八百万《やおよろず》の神の一柱となって日光《にっこう》に鎮座している。それを旗本の子女は物心つくころから徹底的に叩《たた》きこまれた。

「そうじゃ、別段家康公が吉原へ通われたというわけではないが、お茶を献じただけでも功績よ。それを吉原は誇りにしておる」

「遊郭の誇り……」

「ああ。ゆえに吉原には厳密な作法がある。その辺の遊郭のように金を出せばいいというものではない。吉原では遊女が客を選ぶ」

「…………」

三郎が混乱した。

「客が遊女を指名し、揚屋《あがりや》という宴席座敷へ呼ぶ。そこで初めての顔合わせじゃ。これを初回と言うが、この日は床入りどころか、横顔だけしか見せぬ。話もせぬ」

「なっ」

遊びにいってこの対応、三郎が目を剝《む》いた。

「次が裏を返すと言う二回目じゃ。ここで初めて顔を正面から見て、酌もしてくれる。話もできる。だが、床入りはせぬ」

「…………」

「そして三回目。もし、遊女がそなたを気に入らなければ二回目までに断りが入る。それがなければ、この日に床入り。これで馴染《なじ》みとなる」

「ふざけておるのでしょうか」

三郎があきれた。

「よく考えよ。この儀式、似ておらぬか」

「似ている儀式……三度目で床入り……武家の婚儀」

高家の跡継ぎとして三郎も武家の礼儀礼法は習得している。すぐに気づいた。

「そうよ。吉原は武家の伝統を遊びのなかに取り入れておる」

吉良義冬がうなずいた。

「一度目、話もしないとありましたが、それでは座持ちしませぬ。当然、誰かが付いてくるはず。その者と客が会話をする。それを遊女が聞いて人柄を判断する。二度目は顔を合わせ、話をすることで相性を測る」

「どうやらわかったようだの」

三郎の理解を吉良義冬が認めた。

「芸事も修業、そして遊びも修業。高家という役目は堅いだけでは務まらぬ。人の表も裏もわかっていて、初めて礼儀礼法に命が入る。伝わってきたものを学ぶだけでは、城中という伏魔殿ではやっていけぬ。女が化粧で顔を隠すように、役人、大名も衣冠束帯で腹黒さを覆っている。それを見抜けてこそ一人前である」

「なんと深い」

三郎が感嘆した。

「そなたは吉原で女を学び、米沢上杉の三姫を手の内にせよ」

吉良義冬が命じた。

三

立花主膳正《たちばなしゅぜんのかみ》は郷原一造の帰府を待ちきれなかった。

「なにをしておる」

すでに郷原一造が江戸を出てから十日をこえる。

「旅費も尽きたはずだ」

最初からさほどの金を渡していない。

「もう一人出すのは難しい」

目付といえども五百石から千石くらいである。士分の家臣など十人ほどしかいない。登城にも供は要るし、人員に余裕はない。

「一人というわけにはいくまいし……」

郷原一造を一人で出して、連絡が途絶えた。どれほどの馬鹿でも、連絡くらいは寄こすものである。まだ見えず、あるいは関所での捕縛に失敗したなど、書状一本を江戸へ送るくらいはできる。

それがない。これから推測されることは二つ、一つは吉良一行が箱根の関所以外を通過した。もう一つが郷原一造が倒された。

「当家の臣とは公にできぬ。したところで、目付の家臣にはなんの権限もない」

主《あるじ》が役目に就いているから、家臣もその権が使える。そう思いこむ者は意外といた。

「老中の家中と知ってのことか」

主人が偉ければ、己も偉い。そう勘違いする者は多い。いかに老中の家臣といえども陪臣でしかないというのに、旗本へ脅しをかけたりする。

「ご無礼を仕《つかまつ》った」

後難を怖れて泣き寝入りする者がほとんどというのもあり、表沙汰《おもてざた》になることは少ないが、一度公になると喧嘩《けんか》両成敗が適応される。

陪臣は死罪、旗本は切腹、老中は免職。誰の得にもならない。それをよくわかっているから、立花主膳正は二の足を踏んでいた。

「このまま放置するか」

郷原一造などという家臣は端《はな》から立花の家臣にはいなかった。立花主膳正さえ知らぬ顔をすれば、それでなにもなかったことにできる。大名は家老を幕府に届けなければならないが、旗本はそうしなくてもよい。

「確認させるか」

郷原一造が倒されたとしても、それに応じた痕跡《こんせき》くらいは残る。それを調べて、三郎の仕業だと知ることはできる。

「むうう」

立花主膳正が悩んだ。

「……このままでは進めぬな。郷原一造の生存確認を含めて、箱根の関所へ人を出す。往復で十日もあればすむはずだ」

ようやく立花主膳正が決断した。

「小者を一人連れていけ。箱根の関所で吉良上野介《こうずけのすけ》の通過について問い合わせるのと、郷原一造の行方を捜せ。ただし、箱根の関所をこえるな。なにもわからなくてもよい。十日以内には戻れ」

立花主膳正が家臣の一人を箱根へ向かわせた。

息子が父親から遊郭で女を学んでこいと勧められるのもみょうなものである。

「よいのですか、わたくしも」

「一人で行かせる気か、平八郎」

遠慮する小林平八郎を、三郎が睨《にら》んだ。

「まさか、お一人で浅草田圃《たんぼ》まで行かれるなど論外でございましょう」

「供をする気はあったのか」

三郎が驚いた。

「当然でございまする。大門内は吉原の男衆たちが見廻《みまわ》っておりまするし、揚屋に登楼する前には、両刀を預けなければなりませぬ。なにより、若さまの警固のためとは申せ、お閨《ねや》まで従うのは……」

「当たり前じゃ。公方《くぼう》さまでもあるまいに」

小林平八郎の理由に三郎が苦笑した。

将軍は御台所《みだいどころ》以外の側室《そくしつ》と大奥で過ごすとき、同じ部屋に添い寝の中﨟《ちゅうろう》という女が付いた。側室が身内の出世などを将軍に強請《ねだ》らないようその言動を一睡もすることなく見張り、翌朝表使いと呼ばれる上役へ報告した。

「平八郎、そなたは女を抱いたことはあるのか」

「言わねばなりませぬか」

気まずそうに小林平八郎が問い返した。

「命じはせぬが、教えてもらいたいの」

さすがに三郎も強くは言えなかった。

「……ございまする」

「いつのまにっ」

恥ずかしげな小林平八郎に三郎が絶句した。

「同僚に誘われまして……」

「むう」

小林平八郎の答えに三郎がすねた。

「若さま」

「わかっておる。わかっておるが、なにか気に入らぬ」

三郎が首を横に振った。

「で、どうであった」

「もう、ご勘弁を」

小林平八郎が赤面した。

「わかった。その代わり、どのようにいたせばよいのかを教えてくれ」

「教えろと申されましても……」

主従はわけのわからない会話を続けながら、吉原へと向かった。

新吉原は、三丁（約三百メートル）四方と、元吉原の四倍近い広さを誇る。周囲を通称お歯黒溝《はぐろどぶ》と呼ばれる水路に囲まれ、黒板塀を巡らしている。出入り口は五十間《けん》（約九十メートル）続く黒塗りの大門一カ所だけであった。

またこの大門は苦界《くがい》と世間を分ける場所でもある。

苦界は世俗との縁を失った場所。この門を潜《くぐ》るときは、世俗の衣を脱ぎ捨てなければならない。たとえ、大名であろうが、日本橋の大商人であろうが、乗り物を使うことはできなかった。

「すでに使いは出してある。吉原に行ったならば、江戸町《えどちょう》の揚屋よしの屋に顔を出せ」

父吉良義冬が三郎に伝えていた。

「……江戸町とはどこだ」

大門を入ったところで三郎は足を止めた。

「旦那《だんな》、どうかなさいやした」

大門の右側にあった番所から、黒の半被《はっぴ》を身につけた小男が近づいてきた。

「なんだおまえは」

怪しい風体の男に小林平八郎が割って入った。

「こいつはどうも。あっしは吉原の若い衆、松蔵《まつぞう》と申すものでございやす」

小男が手もみをしながら、挨拶をした。

「吉原の若い衆……そなたが」

「へい」

怪訝な顔をした三郎に、松蔵と名乗った若い衆が首を縦に振った。

「平八郎……」

三郎が小林平八郎を見た。

「この者が吉原の警固を」

どう見ても武術をたしなんでいるとは思えなかった。

「人は見かけによらぬものでございまする」

小林平八郎が偏見を持つなと、三郎に注意をした。

「…………」

声を出さず松蔵がにやりと笑った。

四

吉原は大門から延びる中央の仲見世《なかみせ》通りを中心に、左右に遊女屋や揚屋が広がっている。

「こちらで」

松蔵が先に立って案内してくれた。

「この音曲は……」

吉原中に三味線の音が響いていた。

「すががきと言いやす。遊女屋の抱えている芸者たちが、お客さまの気分を盛りあげさせていただくためのもの」

松蔵が説明した。

「気を浮き立たす。たしかにそうだな」

三郎が納得した。

「さて、ここから先が江戸町でございやすが、どこのお店で」

「よしの屋だ」

問われた三郎が松蔵に告げた。

「よしの屋さんでございやすな。なら、あそこで」

松蔵が二階建てでそろえられたような揚屋街の一軒を指さした。

「報せてきやす」

すっと松蔵が離れた。

「えっ」

そのなめらかな動きに三郎が唖然とした。

「でございましょう」

小林平八郎が首肯した。

「あれが男衆の実力……」

三郎が息を呑んだ。

「おわかりでございますか」

「ああ。京でのことは無駄ではなかったな」

三郎がしみじみと言った。

「しかし、吉原になぜあれだけの者がいる」

「ここが苦界だからでございますよ」

疑問を口にした三郎に、一人の老爺《ろうや》が近づいた。

「吉良さまでございますな」

老爺が問うた。

「そなたは」

「よしの屋の主九兵衛《きゅうべえ》と申しまする」

三郎に誰何《すいか》された老爺が頭を下げていた。

「よしの屋とはそなたか。吉良上野介である。これは供の小林平八郎」

「伺っておりまする」

名乗り返した三郎に、よしの屋九兵衛が応じた。

「父のことを存じているのか」

「吉良さまもお若いころに」

驚く三郎によしの屋九兵衛が答えた。

「…………」

三郎が嘆息した。

「外でお話もなんでございまする。なかへ」

よしの屋九兵衛が三郎たちを見世へと連れこんだ。

揚屋は大坂《おおさか》の公認遊郭新町《しんまち》で始まったもので、直接遊女屋に行くのではなく貸座敷を介して、遊女を招き宴《うたげ》をおこない、その後床を共にする。

遊女屋へ通うのと違って、他人に顔を見られることがない。

「あれは……」

見知った者に見られることを嫌う役人を接待するには、ちょうどいいとたちまち大坂から、京、江戸へと広まった。

吉原も茅場町にある間は土地が狭かったこともあり、揚屋を組み入れにくかったが、浅草郊外に移転したことで余裕ができた。

今では遊女を呼ぶのはほとんど揚屋になった。

もちろん、揚屋はただで座敷を貸すわけではなく、かなりの金がかかる。当然、欲望を発散するだけでいいその日暮らしの職人や、商家の奉公人は揚屋を使わず、遊女屋の大広間で最下級の遊女を買う。

「どうぞ、最上級の座敷を用意いたしておりまする」

よしの屋九兵衛が三郎たちを二階の通りに面した座敷へと案内した。

「ほう」

火事で焼け落ちて新しくしたばかりの座敷は、かなり豪勢なものであった。

「さて、吉良さまからのお報せのとおりでよろしゅうございますか」

「悪いがなにも聞いておらぬし、どうしていいかもわからぬのでな。任せる」

初めての吉原なのだ。三郎はよしの屋九兵衛の指図に従うと応じた。

「ならば宴席の用意はわたくしが」

よしの屋九兵衛が一礼した。

「一つお伺いをいたしたく」

「なんだ」

任せると言ったばかりでの質問に、三郎が疑問を感じた。

「女の好みをお聞かせ願いたく」

「好み……」

困惑した三郎は小林平八郎を見た。

「はい。どのような女をお呼びすればいいのかの、お指示をいただかねばなりません。それとも十人ほど並べましょうか」

「十人……」

よしの屋九兵衛の言葉に三郎が息を吞んだ。

「足りませぬか」

「馬鹿なことを言うな」

首をかしげたよしの屋九兵衛に三郎があきれた。

「好みとはどのように言えばいい」

初めてのことだ。三郎が尋ねた。

「さようでございますなあ。大柄がよいとか、小柄がいいとか、色白がよいとか、丸顔が、細面が、乳は大きいほうがか、小さいほうがかとかいろいろございまする」

よしの屋九兵衛が指を折りながら、言った。

「そういうことか。ならば小柄で色白、細面の女を頼む。そなたはどうする」

好みを伝えた三郎が、小林平八郎に訊いた。

「わたくしも同じで」

小林平八郎が述べた。

「止めよ」

三郎が機嫌を悪くした。

「こんなことまで追従されたくはない」

「申しわけございませぬ」

叱られた小林平八郎がうつむいた。

「三郎さまとお呼びしても」

するりとよしの屋九兵衛が入りこんできた。

「かまわぬが……」

三郎が出鼻をくじかれた。

「まず、吉原は喧嘩御法度。なされたらただちに大門外へ放り出します」

「武家でもか。いや、そうか。それで男衆が強い……」

身分を口に出しかけて、吉原が苦界と言われていたことに気づいた三郎がうなずいた。

「忘八《ぼうはち》のことをご存じで……ああ、松蔵さんのご案内でしたね」

よしの屋九兵衛が首肯した。

「忘八とはなんだ」

「人として捨ててはならぬものが八つございまする。仁義礼智忠信孝悌《てい》のすべてを忘れ果てた者のことを忘八、すなわち人でなし。人でないから、妓《おんな》に酷《ひど》い仕置きもできまするし、吉原の法度に従わない者を抑えることもできまする」

三郎の問いによしの屋九兵衛が答えた。

「そうか、礼も忠も孝もなければ、相手が誰であろうともかかわりないか」

「はい。お武家さまのなかには、妓に無体を仕掛けられる方もおられまする。そのときに身分に畏れてしまえば、妓は救われませぬ。この吉原は、女のおかげで生きている。ようは、男は役立たず。ゆえに女に命をかけられる」

「怖ろしいな。男は皆、死兵《しへい》」

死兵とは、腕が千切れようが、はらわたが溢《あふ》れようが、生きているかぎり戦いを止めない者をいう。

有名なところでは、関ヶ原の薩摩《さつま》島津《しまづ》勢がそうである。すでに勝負の決した関ヶ原において、石田三成《みつなり》方に属していた島津家は「敵に背中を見せることなし」と豪語、敗兵がそのまま西へ逃げたのに対して、一千五百の兵で六万をこえる敵の中央を突破しようとした。当然、どれだけ島津兵が剽悍《ひょうかん》であっても数の差はこえられない。一人一人と討ち取られていくなか、大将であった島津義弘《よしひろ》を逃がすため、わざと敵中に残って、追いすがる徳川方の兵を食い止めた。その様子が、まさに死兵であった。腕がなくなれば足、両手両足が千切れたならば、口で食らいつく。死んでいると思って通り過ぎようとした徳川方の兵の足にすがりつき、そのまま槍で突かれても、手を歯を離さない。

その有様を恐怖した徳川方の兵は、関ヶ原の後も悪夢に長くうなされたと伝わっている。

徳川方で関ヶ原に参加した三郎の祖父義弥《よしみつ》は二代将軍秀忠に供奉《ぐぶ》していたため、実見したわけではないが間近で聞いている。それは戦場訓となって三郎の耳にも届いていた。

「わかった。争いはせぬ」

三郎が宣した。

「かたじけのうございまする」

よしの屋九兵衛が平伏した。

「で、喧嘩を止めるだけではなかったのだろう、よしの屋が口を挟んだのは」

「お気づきでございましたか」

「公家《くげ》の相手をするのが高家ぞ。言葉に含まれた表も裏も嗅《か》ぎ取れなければやっていけぬ」

少し目を大きくしたよしの屋九兵衛に、三郎が自慢げに言った。

「お見それいたしました」

よしの屋九兵衛が感心した。

「申せ」

「では。よき御家臣さまをお持ちでございますな」

「たしかに平八郎は、随一の者だ」

三郎が認めた。

「でございましょう。ですから、先ほど三郎さまと同じ容貌《ようぼう》の妓をと言われた。そうすることで、同じような妓が二人来ることになりまする。さて、そうなったとき、先に妓を選ばれるのはどちらさまでしょう」

「そういうことか」

よしの屋九兵衛の話に、三郎が理解した。

「違う容貌の妓が二人であれば、最初からどちらが付くかはわかっている。もし、そのとき、吾《われ》が己の妓ではなく、平八郎の呼んだ妓のほうがいいと思ったとしたら……」

「奪われまするか」

「できるわけなかろう。己が求めた妓ではなく、他人のほうを欲しがるなど、上に立つ者のすることではない」

聞かれた三郎が首を横に振った。

「ですが……」

よしの屋九兵衛が水を向けた。

「心のなかにわだかまりは生まれる」

三郎が苦笑した。

「はい」

にこにこと笑いながら、よしの屋九兵衛が首を縦に振った。

「すまなかった」

「とんでもないことでございまする」

詫びた三郎に、小林平八郎が慌てた。

「では、妓の用意が整いますまで、軽く一献」

よしの屋九兵衛が、手を叩いた。

「へい」

すぐに男衆が膳を二つ持って入ってきた。

「正式な宴席は後ほど」

膝《ひざ》で進んだよしの屋九兵衛が、三郎に酒を勧めた。

「いただこう」

三郎が受けた。

小林平八郎には別の男衆が注いだ。

「どうぞ」

「よしの屋、吾がここに来た理由は聞いておるだろう」

「伺っておりまする。女の扱いを知りたいと」

確認した三郎によしの屋九兵衛がうなずいた。

「それで吉原に行ってこいと」

「ああ。父からな」

確認し返したよしの屋九兵衛に三郎が首を縦に振った。

「やれ、吉良さまはおまちがいなさいましたな」

よしの屋九兵衛が嘆息した。

「父が間違ったとはなんだ」

三郎が聞き咎めた。

「吉原は苦界。苦界は女にとって地獄。よく知らぬ男に身体を許す。それも一人二人ではなく日替わり。酷ければ、とき変わりで一日数人からの男に犯される。そんな妓が世間の女と同じであるはずはございますまい」

「…………」

あらためて吉原の現実を教えられた三郎が黙った。

「妓が女なのは、その身体だけ。心はもう女では、いや、人ではございませぬ。その妓を相手に学び取るものはございましょうか」

「…………」

よしの屋九兵衛が語りに三郎はなにも言えなかった。

「偽りの女を見て、これでいいと思って、普通の女をあしらおうなどとなさいますとどうなると」

「より嫌われるな」

三郎が苦笑した。

「でしょう」

よしの屋九兵衛が首肯した。

「やれ、ではここにいる意味はないな」

手にしていた杯を三郎が置いた。

「費用は後日屋敷へ……」

「それでよろしいのでございますか」

腰をあげかけた三郎を、よしの屋九兵衛が制した。

「無駄なのだろう」

「女を落とすのならば」

「それ以外になにがあるのだ」

三郎が尋ねた。

「閨での手練手管でございますよ」

「……閨での」

真顔で言うよしの屋九兵衛に、三郎が疑問の表情をした。

「男女の閨ごとはご存じで」

「絵巻物で、なにをどうするかは知っておる」

質問に三郎が胸を張った。

「実地と学びは違うということは」

「わかっておる。だが、剣術ではあるまい。実地でしくじったからといって、命まで取られるわけではなかろう」

よしの屋九兵衛の言葉に三郎が反発した。

「男女の閨ごとも同じでございまする」

険しい眼差《まなざ》しでよしの屋九兵衛が断じた。

「なにを申すか」

真剣で命の遣《や》り取《と》りを経験した三郎が、笑った。

「どうやら、三郎さまは命の遣り取りを経験なさったようで」

よしの屋九兵衛が刮目《かつもく》した。

「……………」

三郎が黙った。

さすがに旗本の子息が人を斬ったことがあるというのを知られるのは、いろいろとまずい。

「ご心配には及びませぬ。吉原でのことは決して大門を出ませぬ」

「世俗にかかわる気はないのか」

「ございません」

はっきりとよしの屋九兵衛が首を横に振った。

「なぜだ」

「こちらから手を伸ばせば、向こうからも手を出してきましょう」

よしの屋九兵衛が続けた。

「吉原の繁華はご覧になられましたでしょう。この吉原は一日で千両の金が動きまする」

「千両……」

「すさまじい」

三郎と小林平八郎が絶句した。

「日に千両、月に二万八千両から三万両。一年で三十六万両近い金が吉原に集まる」

「三十六万両……」

勘定した三郎の結果に、小林平八郎が頭を抱えた。

「もちろん、すべてが儲《もう》けとして、吉原に残るわけではございませんが」

「どちらにせよ、人の心を狂わせるには十分だ」

三郎がため息を吐いた。

「ですから、こちらは世俗とのかかわりを避けておるのでございますよ」

よしの屋九兵衛が口にした。

「だが、うまく付き合っておれば、日本橋茅場町からこんな田舎へ飛ばされずともすんだであろうに」

「はたしてどうでございましょう」

三郎の意見によしの屋九兵衛が首をかしげた。

「元吉原の場所は、江戸城大手門、常盤橋《ときわばし》御門のどちらからでも至近の距離。当初はただの葦《あし》原でございましたが、今では譜代《ふだい》名門のお大名さまのお屋敷がひしめくところ」

「風紀が悪いか」

江戸城の近くに遊郭があるのはいろいろと問題がある。三郎が呟《つぶや》いた。

「それもございますが、土地が足りなくなったのでございますよ」

「ああ」

江戸は家康が入府したときに比べて、重要度が格段に増えていた。なにせ天下を取った徳川のお膝元なのだ。

当然、全国の大名、商人たちが集まってくる。そのぶん土地が要る。なにより江戸城が拡張される。その土地の確保が最優先される。

そうなったとき、動かしやすいのが元吉原であった。

なにせ、吉原にいる者はすべて人ではないからである。

吉原に売られた女、男衆には人別《にんべつ》がない。人別がない者は、いないものと同じ。

「いずれ追い立てられると思っておりました。ただ、出ていけというだけに従うつもりはございません。それだけの補償をしっかりといただかねば」

よしの屋九兵衛がにやりと嗤《わら》った。

「補償……」

「はい。吉原の蒙《こうむ》る損害をいただくために、いろいろとお願いをいたしましたが」

「御上相手に交渉したのか」

「…………」

驚愕した三郎に、無言でよしの屋九兵衛が首肯した。

「遠くへ行く代わりに、広くなった土地。お城に近かったためにできなかった居続け客の受け入れ、夜見世の許可。十分儲けたと考えておりまする」

よしの屋九兵衛が胸を張った。

「居続けはわかる。夜見世とは」

「元吉原では、日のある間しか営業できませんでした。これはお武家さまの門限に合わせたもの。お城に近いところで、日が暮れてからも人が行き来していては、御上のご威光にもかかわりましょう。それが新吉原になってなくなった」

「なんと……そこまで」

三郎がよしの屋九兵衛に怖れを感じた。

「旦那」

廊下から男衆の声がした。

「おおっ、来たようだね。では、ここからは大夫《たゆう》さんに任せましょうか」

よしの屋九兵衛が一礼して座敷の隅へと下がった。

第三章　天秤の傾き

一

吉原《よしわら》での一夜は、三郎《さぶろう》にいろいろなことを教えてくれた。

「……なかなかであったな」

「どう応えればよろしいのか」

帰途、話しかけてきた三郎に小林平八郎《こばやしへいはちろう》が困惑した。

「人というもののしたたかさ、業を見た気がしている」

「それはたしかにさようでございます」

三郎の感想に小林平八郎が同意した。

「遊女というものを侮っていたわ」

「……はい」

小林平八郎もふたたび同意を示した。

「……のう、平八郎」

「なんでございましょう」

「思わなかったか、遊女と公家《くげ》が似ていると」

三郎が小林平八郎を見た。

「化粧で隠している真実の顔、感情を汲《く》み取られぬようにする独特の口調。大夫《たゆう》という格式をもっての君臨」

「なるほど」

小林平八郎が手を打った。

「本心を見せない女と閨《ねや》で共寝……肚《はら》が据わらぬとできぬな」

「そこまでご警戒されずとも」

危惧《きぐ》する三郎に小林平八郎が困惑した。

「父から命じられた米沢上杉《よねざわうえすぎ》の娘をどのようにして薬籠《やくろう》中のものとするか」

三郎の考えは固まっていた。

「難しいことでございますな」

小林平八郎も首を横に振った。

「なにを他人のような顔をしている」

「えっ」

見つめる三郎に小林平八郎が驚いた。

「そなたにも妻を娶《めと》ってもらう」

三郎が告げた。

「聞いておりませぬ」

「まだ言っておらぬからの。父と吾《われ》の間で話はした」

唖然《あぜん》とした小林平八郎へ三郎が述べた。

「吾《わ》が父は存じておりましょうか」

小林平八郎が尋ねた。

「知らぬ。が、平右衛門《へいえもん》が反対するはずはない」

三郎が笑った。

小林家は代々吉良家の用人を務める譜代中の譜代である。それこそ吉良家と一蓮《いちれん》托生《たくしょう》であった。

「…………」

小林平八郎が黙った。

「……さて、どうするかな」

言うべきを言った三郎が、三姫《さんひめ》のことで思案に入った。

大名、公家、高禄《ろく》の旗本の婚姻は、どちらかが死んでもなかったことにはならなかった。

実際、輿入《こしい》れをしていなくても、女は出戻り扱いを受ける。酷《ひど》いときは、生涯会ったこともない者の後家として、菩提《ぼだい》を弔わなければならなくなる。

もちろん、ほとんどの場合は、新たな婚姻を結んで、嫁していく。そこに姫本人の想いは関係なかった。

「菊井《きくのい》、上野介《こうずけのすけ》さまはどのような御仁じゃ」

米沢藩上杉家の中屋敷で三姫が、お付きの奥女中に問うた。

「ご出世の早さは特筆すべきと伺っておりまする」

菊井が応えた。

「そのていどのこと、妾《わらわ》でも存じおるわ」

三姫が嘆息した。

「人となり、聡明《そうめい》か、頑健か、背丈はいくらくらいか、剣術はどの流派なのかとか、もっと細かいところが知りたいのじゃ」

「調べさせましょうや」

苛立《いらだ》つ三姫に菊井が尋ねた。

「目立たぬようにぞ。兄上さまに知られると要らぬことをするなと叱られる」

「重々心得ております る」

菊井が三姫の命を受けた。

姫さま付の女中というのは、みょうな役目であった。その多くは家中の者の娘、姉妹などであるが、忠誠を向ける相手が藩でも当主でもなかった。

姫付の女中というのは、その輿入れに供して婚家へと移籍する。

つまり禄をくれる相手が変わるのだ。

ただ仕える相手は変わらない。お姫さまが、正室《せいしつ》さまになるだけ。となると姫付女中にとって、姫の希望はなにをおいても叶《かな》えるべきものとなる。

「調べて参れ」

といったところで、姫と直接会話ができるほどの身分を持つ女中が、そうそう屋敷を出られるわけもない。

三姫の指図は、お付き奥女中から、その配下の女中、そして中屋敷用人へと伝わっていく。

「佐野《さの》、姫さまのお望みじゃ。吉良《きら》上野介さまとはどのようなお方か、見聞して参れ」

中屋敷用人は三姫の世話も兼ねている。言うまでもなく三姫の側であり、三郎との婚姻を納得していなかった。

「はっ」

佐野と呼ばれた米沢藩士が中屋敷を出た。

婚姻は名家の義務であった。

だからといって、それにばかりかまけているわけにはいかなかった。

「本復仕《つかまつ》りましてございまする」

三郎は右筆《ゆうひつ》へと届けを出して、高家《こうけ》見習として登城を再開した。

「もうよいのかの」

芙蓉《ふよう》の間に顔を出した三郎に、他の高家たちが気遣った。

「お心遣い、感謝いたしまする。おかげさまをもちまして、無事本復をいたしましてございまする。なにとぞ、これからも厳しくご教示くださいませ」

襖《ふすま》際で平伏した三郎が口上を述べた。

「なにより、なにより」

「めでたいの」

他の高家たちが皮肉の一つもなしに受け入れた。

心のなかではどれだけ嘲笑《ちょうしょう》していようが、それを表に出すようでは、とても高家という役目は務まらない。

それに三郎をいじめでもしたら、今度は己の息子なり娘婿がやり返される。普通の書院番士や小姓番士などのように、多くの旗本から選ばれてその役目に就いた者だと、多少手荒に扱ったところで指導という名目で許される。なにせ、息子がその者の配下になることはまずないからである。

しかし、高家のように世襲する役目は別であった。いじめていた後輩が、いずれ息子の先達になるとわかっている。

「そのようなこともわからぬとは、貴殿の父上はなにもお教えではなかったと見える」

やった側は忘れても、やられたほうは忘れない。このくらいは、我慢できないのだ。

しっかり復讐《ふくしゅう》は果たされる。

「そういえば、ご婚姻が決まられたそうだとか」

上杉宮内大輔《くないたいふ》が思い出したというように口にした。

「おかげさまをもちまして」

別段なにもしてもらってはいないが、相手を立てるのも高家の倣いであった。

「おめでとう存ずる。お相手は米沢上杉の娘だとか」

高家から見れば、御三家《ごさんけ》以下はすべて格下になる。

どれほど大名の官位が高かろうが、それは形だけのもの。真の官位を持つ者は、天皇に拝謁できる将軍、御三家、老中《ろうじゅう》、京都所司代《しょしだい》、そして高家だけと自負しているからであった。

「さようでございまする」

「お仲立ちは……」

認めた三郎に上杉宮内大輔が知っていて促した。

「保科肥後守《ほしなひごのかみ》さまが、ご労をお取りくださいました」

「それはなにより」

上杉宮内大輔が微笑みを浮かべた。

「上野介、こちらへ」

もういいだろうと吉良義冬《よしふゆ》が三郎を手元へ呼んだ。

「父が呼んでおりまする。これにてご無礼を」

「お引き留めいたした」

互いに頭を下げ合った。

「遅れまして」

すぐに三郎は小腰を屈《かが》めた姿勢で、吉良義冬へと近づいた。

「出入りの場所で、長話は礼に反する」

「気づかぬことをいたしました」

わざと大きな声で叱る父に三郎が詫《わ》びた。

「わかればよい」

吉良義冬が首肯した。

「さて、今日だが新たな長崎奉行として赴任する者の謁見がある」

「長崎奉行でございまするか」

三郎が興味を見せた。

長崎奉行は遠国《おんごく》奉行の首席として扱われ、阿蘭陀《オランダ》、清《しん》との交易港として唯一海外へと開かれている長崎を管轄する。その勢威は十万石の大名に匹敵するとも言われ、阿蘭陀や清から入ってくる唐物《からもの》を差配することで、莫大《ばくだい》な余得を得ている。定員は決まっておらず、一人から四人と変動するが、旗本たち垂涎《すいぜん》の役目であった。

「新任でございまするか」

「いや、交代赴任である」

身を乗り出した三郎に、吉良義冬が首を横に振った。

長崎奉行が複数いるとき、一人は長崎、もう一人は江戸、それを一年ごとに交代した。

「出立の挨拶《あいさつ》でございまするな」

「そうじゃ。山岡対馬守《やまおかつしまのかみ》どのは二度目ゆえ、あるていどのことは存じておろうが、詳細まではの」

さすがに芙蓉の間で長崎奉行を受領名での呼び捨てはできない。

「座る位置、背筋の伸ばしかた、手の指の滑らせかたなどを、もう一度指導いたす」

「拝見いたしまする」

見習の役目は、やりかたを覚えることであった。

「しっかりと見ておけ」

吉良義冬が満足そうに念を押した。

二

三郎の病気療養が終わったとはいえ、そのようなものはいちいち目付《めつけ》部屋まで報《しら》されることはない。

「……一同」

長崎奉行山岡対馬守の離府挨拶に同席していた目付が、控え室へ戻ってくるなり、声をあげた。

「どうした」

「なにかあったのか」

目付部屋で各々の仕事に没頭していた目付たちが顔をあげた。

「吉良の息子が、上野介が出仕しておる」

「ほう、病気は治ったのか」

「見習の身分だぞ。出てきても出てこずとも変わりはないのにな」

報せを聞いた目付たちが、反応した。

「…………」

「どうした、主膳正《しゅぜんのかみ》」

話を持ちこんできた目付が一人静かな立花《たちばな》主膳正を見た。

「なんでもない」

立花主膳正が首を横に振った。

目付は目付をも監察する。こういった関係から、目付には先達も新参もなく、すべてが同格であった。もちろん、石高や出自も一切考慮されなかった。

「顔色が悪いぞ」

「少し風寒の気があるゆえであろう」

まだ問うてくる目付に立花主膳正が風邪を引きかけていると答えた。

「さようか、ならば大事になされよ。他人に移すでないぞ」

いたわりとも嫌味とも取れる一言を残して、目付が離れていった。

「どうやって……」

立花主膳正が目付のことなど忘れて、悩み始めた。

「箱根《はこね》へ行かせた者からの報告はまだない」

険しく眉間《みけん》にしわを寄せた立花主膳正が首を横に振った。

「中山道《なかせんどう》を通ったのか。あり得るが、遠回りに過ぎる」

立花主膳正が腕を組んだ。

「上野介が登城している。ならば、本人に問えばいい」

目付の命に逆らう旗本はいない。

立花主膳正は権力を振るうことにした。


見習とは基本、先達に率いられて初めてお役の場に出られる。

「左少将《さしょうしょう》さま」

「うむ」

芙蓉の間の襖を少し開けたお城坊主に声をかけられた吉良義冬が首肯した。

「三郎、ここにおれ」

吉良義冬が息子に付いてくるなと命じた。

「はい」

父といえども先達の一人である。見習は逆らうどころか、その理由を問うことさえ許されない。素直に三郎は従った。

「上野介さま」

しばらくして別のお城坊主が三郎を探して入ってきた。

「拙者か」

見習の己にお城坊主が用とはと、三郎が驚いた。

「畏《おそ》れ入りまするが……」

誰が呼んでいるとか、どのような用だとかを言わずに、お城坊主が三郎を急《せ》かした。

「貴殿は」

見習の身分だが、その位階は凡百の大名を凌駕《りょうが》する。三郎がお城坊主に名前を問うた。

「…………」

都合悪そうにお城坊主が目を伏せた。

「お断りする」

三郎が拒んだ。

「それは……困りまする」

お城坊主があわてて顔をあげた。

「突然のことでご無礼の段は平にご容赦願いたい」

不意に三郎が大きな声を出した。

「どうした」

「うるさいことである」

大目付、町奉行、寺社奉行、高家など芙蓉の間に詰めている役人たちが、いっせいに反応した。

「吉良上野介でござる。お詫びは後ほど。このお城坊主の名前を存じ寄りのお方はお出《い》ではございませぬか」

一礼して三郎が問いかけた。

「なっ、なにを……」

聞いたお城坊主が蒼白《そうはく》になった。

「うん……見たことのある顔じゃの。そなた、同朋衆《どうぼうしゅう》の……たしか……」

大目付の一人が思い出そうとした。

「焼塚庵仁《やきづかあんじん》でござろう」

寺社奉行が名前を口にした。

「おおっ、そうじゃ。庵仁じゃ」

大目付も手を打った。

「その庵仁がいかがいたした」

興味を持った上杉宮内大輔が三郎に尋ねた。

「誰が、なに用かも申さず、拙者を呼び立てまして」

「ほう、それはよろしからずじゃの。目通りも叶わぬ御家人ならばまだしも。見習ながら、四位の官位を与えられた高家の者を、名乗らずに呼びつけるのは、礼儀礼法にそぐわぬおこないである」

上杉宮内大輔が首を横に振った。

「それは」

お城坊主の声が消えそうになった。

高家は礼儀礼法を監察するのも役目である。

「城中の雑仕たる同朋衆が、礼儀に反するなど論外である。屋敷にて謹慎し、沙汰《さた》を待て」

二十俵や三十俵の同朋衆、いわゆるお城坊主など嵐に遭った木の葉のように吹き飛んでしまう。

お城坊主を敵に回せば、城内でやっていけないが、監察相手では話にならなかった。

「断ると申した」

「……お願いにございまする。わたくしめを助けると思《おぼ》し召して」

「そなたを助ける義理はない」

手を突いて憐憫《れんびん》を請うお城坊主を三郎は見捨てた。

「恩に、恩に着ますゆえ」

お城坊主が泣きそうな顔で願った。

「ほう、恩に着ると」

「はい」

確認した三郎に焼塚庵仁が首を縦に振った。

「きっと忘れるなよ」

「忘れませぬ」

三郎の念押しに焼塚庵仁が誓った。

「なれば……」

ゆっくりと三郎が腰をあげた。

「父上どののお戻りを待たずともよろしいのか」

上杉宮内大輔が三郎に注意を促した。

「すぐに終わらせせまする」

三郎が一礼した。

「案内いたせ」

「こちらへ」

お城坊主が三郎の前に立った。

江戸城は広大で、その座敷の数は幕府の役職の執務室、控え室、大名の詰めの間などよりもはるかに多い。

探さなくとも空き座敷はいくつでもあった。

その一つに立花主膳正が待っていた。

「ご案内仕りました」

襖を開けて焼塚庵仁が立花主膳正に告げた。

「ご苦労である。通せ」

立花主膳正が焼塚庵仁にうなずいて、三郎を通すように指図した。

「どうぞ、こちらでございまする」

すっと焼塚庵仁が身を引いて、三郎を促した。

「うむ」

三郎はずけずりと座敷に踏みこんだ。

「なっ」

その傲慢《ごうまん》な態度に、立花主膳正が驚いた。

「吾に用があるのは、お主か」

立ったままで三郎が訊《き》いた。

「ぶ、無礼な。拙者を誰だと」

「名乗りもせぬ者に礼を尽くす意味はない」

怒鳴る立花主膳正に三郎が返した。

「目付立花主膳正である。畏れ入れ」

「高家見習従四位下《じゅしいのげ》侍従兼上野介である」

上座から押さえつけるように言う立花主膳正に、三郎は官位をもって対抗した。

「目付ぞ」

「それが」

役名を出した目付に、三郎が首をかしげた。

「わからぬのか。拙者は目付として、そなたを詰問する」

「目付としてだと」

「いかにも。役儀をもって検《あらた》める」

確かめた三郎に、立花主膳正が威厳のある声を出した。

「手早く願おう」

目付の役儀となれば、従うしかない。

「そなた吉良上野介に違《たが》いないな」

「そこからか」

わかって呼び出させたのだろうと三郎があきれた。

「答えよ」

「たしかに上野介である」

苛立った立花主膳正に三郎がうなずいた。

「よし」

立花主膳正が首肯した。

「そなた、先日まで病気療養で領地へ行っていたな」

「参った」

三郎が認めた。

「帰途はいつ、どこを通った」

「江戸へ戻ったのは三日ほど前である。経路は中山道から日光《にっこう》街道、日光へ参詣仕ってから、戻って参った」

「日光だと」

告げた三郎に立花主膳正が腰を浮かせた。

「病気療養が明けたばかりだと申すに、そこまで足を延ばしたのは理にそぐわぬ」

立花主膳正が三郎に迫った。

「吾の身体がどうであろうとも、神君さまへの尊敬の念は篤《あつ》い」

「うっ」

神君、すなわち徳川家康《とくがわいえやす》のことを出されれば、目付であろうが老中であろうが黙るしかなかった。

「それがどうした」

などと否定しようものならば、

「不遜《ふそん》なり、立花主膳正」

今度は逆に己が訴追されることになる。

「日光御廟《ごびょう》へ参ったと」

「そう申したはずだが、聞こえなかったか」

もう一度訊いた立花主膳正に三郎が笑った。

「いや。神君さまへの崇敬は当然のこと。だが、それがまことという証《あかし》はなかろうが」

「吾の言葉を疑うと」

三郎が怒りを見せた。

「信用できるだけのものがない」

立花主膳正が手を振った。

「それがまことかどうかを調べるのは、目付の仕事であろう」

「証を出せば、ここで話は終わる」

三郎の言に立花主膳正が反論した。

「どのようなものを証とする」

「宿泊した本陣宿《ほんじんやど》はどこだ」

訊いた三郎に立花主膳正が問い返した。

公用旅、参勤交代は当然、ちょっとした旗本が旅をするときは、本陣宿を利用するのが当たり前であった。

「本陣は使っておらぬ」

「なぜ使わぬ。従四位なのだろう」

最初の三郎の名乗りを立花主膳正は皮肉った。

「官位は高くとも、まだ部屋住みの身分であるぞ。本陣を使うような贅沢《ぜいたく》なまねをするわけにはいくまいが」

「……むっ」

正論に立花主膳正が詰まった。

「どこの旅籠《はたご》に泊まった」

「どこであったかのう。病明けじゃ。覚えておらぬ」

立花主膳正の質問に、三郎がとぼけた。

「ふざけたことを申すな」

「覚えておらぬものは覚えておらぬ」

手にした扇子で床を叩《たた》く立花主膳正に三郎が平然と応じた。

「宿場くらいは覚えておろう」

「自信はないが、宇都宮《うつのみや》であったか」

「他は」

江戸から日光まではおよそ四十里（約百二十キロメートル）ほどある。どれだけ足が速くとも三日はかかった。

「はて、どこであったかの。従者に任せていたゆえ」

「……こやつめ」

立花主膳正が三郎を睨《にら》んだ。

「従者を呼び出せ」

「お城へ陪臣を」

「…………」

江戸城は厳格であった。お目見え以下でもそうそう登城が認められないというに、留守居役《るすいやく》か藩主代理をする家老でもない陪臣には許可がそうそう出るわけなかった。

「では、吾が特別にそちらまで参る。その従者の話を聞くために」

立花主膳正が吉良屋敷へと出向くと言い出した。

「ならば、父の許可を取らねば」

嫡子といえども当主ではない。屋敷に人を招くには当主の許可が要った。

「不要じゃ。これはお調べである」

手順を踏めと言った三郎に、立花主膳正が首を左右に振った。

「お調べであると」

「いかにも」

念を押した三郎に立花主膳正がうなずいた。

「お調べというかぎりは、拙者に疑義ありということでござるな。なれば、その疑義をお伺いしよう」

「日光東照宮《とうしょうぐう》へ参ったなどと偽りを申し、神君さまを侮った罪である」

立花主膳正が告げた。

「……失礼する」

あきれた目で立花主膳正を見た三郎が立ちあがった。

「まだ終わってはおらぬ。勝手なまねをいたすな」

「相手にできぬ」

三郎は制止を気にせず、座敷を出た。

「待て。徒目付《かち》、徒目付はおらぬか」

立花主膳正が大声を出した。

目付は不浄のことをおこなわない。取り調べや訴追はするが、実際に咎人《とがにん》を捕縛することは穢《けが》れと称してせず、下僚である徒目付、小人《こびと》目付にさせた。

「誰もおらぬのか」

いくら呼んでも徒目付は来なかった。

徒目付は五十人から百人と数の変動が多い。その多くが目見え以下の御家人、小者を監察する任に就き、残りのほとんどが城下の見廻《みまわ》りに従事していた。そして最後に残ったわずかな徒目付が、城中を巡回し万一に備えている。

数が少なすぎて、呼びかけに応えられるはずもなかった。

「上野介め……」

立花主膳正が三郎の出ていった襖を睨みつけた。

三

芙蓉の間へと戻った三郎を、好奇の目が迎えた。

「上野介どのよ、大事なかったか」

代表するように上杉宮内大輔が声をかけてきた。

「ご心配をいただきましてかたじけのうございまする」

上野介が、芙蓉の間を見回すようにして礼を言った。

「大事なかったようじゃの」

上杉宮内大輔が気遣った。

「おかげさまをもちまして」

軽く三郎が頭《こうべ》を垂れた。

「誰の呼び出しであった」

興味津々の表情で上杉宮内大輔が問うてきた。

「目付でございました」

「なんと」

「それはよろしくないの」

三郎の答えを聞いた芙蓉の間が揺れた。

「公明正大たる目付が、名乗りもせずに呼び出すなど論外じゃ」

「まったくである」

大目付たちが憤りを見せた。

大目付はその権限の一部を停止されただけでなく、そして、それを目付が担いだした。そう、目付が大名まで監察し始めた。

当然ながら、大目付の気分は悪い。なにせ飾り物にされたのだ。

「これは一度意見をせねばならぬの」

「さよう、さよう。監察は正々堂々でなければならぬ。名乗ることもなく、こそこそと同朋衆を呼び出しに使うなど恥である」

大目付たちが気炎をあげた。

「目付の無礼は高家からも抗議しておこう」

「ありがとう存じまする」

上杉宮内大輔も同意したことに、三郎は感謝した。

「賑《にぎ》やかなことでござるな」

吉良義冬が芙蓉の間へと帰還した。

「おお、左少将どの。先ほどご子息の上野介が……」

待っていたかのように上杉宮内大輔が経緯を語った。

「目付が……」

吉良義冬の目が眇《すが》められた。

「上野介、付いて参れ」

すっと吉良義冬は芙蓉の間を出ていった。

「御免を」

あわてて三郎も後を追った。

「……ここらでよかろう」

入《い》り側《がわ》と呼ばれる畳廊下で、吉良義冬が足を止めた。

「目付の名前はなんと申した」

「立花主膳正と」

「あやつか。存外にしつこい」

聞いた吉良義冬が頰をゆがめた。

「ご存じでございましたか」

「高家の礼儀礼法監察の権を目付に譲れと申してきおった」

吐き捨てるように吉良義冬が述べた。

「礼儀礼法監察の権を……目付が」

三郎があきれた。

「そうじゃ。あやつらに礼儀礼法がわかるはずもないというに。勘定方《かんじょうかた》に剣術指南役をさせるようなものだぞ」

吉良義冬が憤慨した。

「屋敷へ来たいと申したのだな」

「はい。詳細を訊きたいと」

三郎がうなずいた。

「当主の許しを得ずして、勝手に屋敷に入りこむのは礼儀に反する」

「ですが、相手は監察でございまするが」

目付には旗本の屋敷に入りこむ権が与えられている。三郎が危惧した。

「なにもなければ、調べようがあるまい」

「まさか、平八郎を放逐なさるおつもりでは」

三郎が声を大きくした。

大名、旗本は家臣の不始末の責任を負わなければならなかった。

「某《なにがし》というのは、そちらの家中の者であるな。そのように申しておる」

咎めを受けるようなまねをした家臣がいると、かならず確認の者が来た。

「知らぬ」

「先日、不始末をしでかしたので放逐した」

大名や旗本は、累が家に及ぶのを嫌って、家臣を切り捨てるのが慣習になっていた。

「あほう。他の者ならばまだしも、平八郎は平右衛門の嫡男、吉良家にとって重きをなす小林家の跡取りじゃ。捨てられるわけなかろうが」

激した息子を吉良義冬が抑えた。

「申しわけございませぬ」

言われた三郎が頭を下げた。

「不意に目付が来たときに、その者がおるとはかぎるまい」

「居留守を使われると」

「他人《ひと》聞きの悪いことを言うな。偶然じゃ」

吉良義冬が苦笑した。

「ですが、いつまでもごまかしきれませぬぞ」

「家臣をどこへやろうが、当主である余の思うがままであろう」

懸念を口にした三郎に吉良義冬が平然と嘯《うそぶ》いた。

「たしかに、疑われているのはわたくしでございまする」

「であろう。そなたへの疑いを吉良家へのものとはできまい」

吉良義冬が口の端を緩めた。

「ということじゃ。そなたはもう下城いたせ」

「はっ。目付が来たときはいかがいたしましょう」

「入れてやれ。ただし、平右衛門に話をして。平八郎は外に出しておけ」

「承知」

三郎が首肯した。

目付は一人一人独立している。どれほど大きな問題でも決して協力し合わない。これは目付が出世するためであった。

どこでも同じだが、役目というのは、えらくなるほど席が少なくなる。目付はその出世の階梯《かいてい》で言えば、中程をこえたところに位置する。清廉潔白で有能な者が目付になるという看板がある。だが、それが目付の出世を妨げている。

「ご挨拶を」

「よしなに願いまする」

賄《まいない》も縁故も使えないのだ。

「そなた金を出したな」

たちまち目付が、他の目付から監察される。

事実、目付で十年以上足踏みをしている者は多い。それどころか、目付で引退を迎える者も少なくはない。

「有能ならば、他人より手柄を立てて当然」

世間はそう目付たちを見ているのだ。

「一緒に……」

「手伝いを」

同僚を誘えば、手柄を分けてやらなければならなくなる。

百の手柄も分ければ六十とかに減る。それでは、出世の舟に乗るには足りない。

「…………」

三郎との面談から戻った立花主膳正は、徒目付を呼び出した。

「お召しでございまするか」

城中の詰め所にいた徒目付が顔を出した。

「そなた名は」

「英田《あいだ》五郎《ごろう》右衛《え》門《もん》にございまする」

問われた徒目付が応じた。

「余は立花主膳正である。城下に出るゆえ、供をいたせ」

「承りましてございまする。わたくし一人でよろしゅうございますか」

命を承諾した徒目付が念のために訊いた。

「状況次第では、捕縛になるやも知れぬ。小人目付を二人ほど手配しておけ」

「ただちに」

英田五郎右衛門と名乗った徒目付が、すぐに動いた。

「…………」

しばらくして立花主膳正も目付部屋を出ていった。

「捕縛と申しておったの」

「うむ」

残っていた目付が顔を見合わせた。

「主膳正はなにを調べているか、誰ぞ知っておらぬか」

目付の一人が問うた。

「知るわけなかろう」

「……そういえば」

首を横に振る目付のなかに一人思い出したような態度を見せる者がいた。

「中務《なかつかさ》、なにか存じおるか」

「直接聞いたわけではないが、お城坊主が申しておったな。少し前のことだがの、主膳正が吉良左少将と話をしていたと」

中務と呼ばれた目付が語った。

「左少将とか」

「高家となると、あれしかないの」

目付たちが声を潜めた。

「まだあきらめていなかったのか」

「馬鹿正直なことだ」

他の目付たちが、冷たい声で言った。

「どこに手にしている権をすんなり譲り渡す者がおると」

中務があきれた。

「たしかに大目付の大名監察の権は我らの手に来た」

「とはいえ、大名を監察できるのは江戸城のなかだけであり、領国までは手出しできぬ」

目付の一人が首を左右に振った。

大目付のやりすぎに幕府は制限を付けた。しかし、大目付の権を剥奪《はくだつ》したわけではなかった。剝奪するならば、大目付という役目を廃すればいい。

大目付には大名監察以外にも、道中奉行や大名の人質検めなどの役目もある。だが、これらは下僚でもこなせる。

大名監察について制限をかけられた大目付は、いなくても困らない。

しかし、幕府は大目付に、あまり熱心に役目をするなと釘《くぎ》を刺しただけで、大名監察の権を取りあげてはいなかった。一つの役目を廃することで生じる影響は大きいとわかっているからであった。

つまり江戸城中の静謐《せいひつ》を維持するという役目を拡大解釈した目付が、大名の行動に苦情を付けて、咎めているというのが実状であった。

「出過ぎたまねをいたすな」

いつ幕府が、目付に制限を課してくるかわからない。ゆえに目付は、大名を咎め立てるが、潰したり、減封《げんぽう》や転封《てんぽう》を職権として命じてはいなかった。

「高家を本気で敵に回すぞ」

目付の一人が危惧を表した。

「それはまずい」

別の目付も表情を真剣なものにした。

「礼儀礼法監察の権など手に入れてどうする。我らの仕事がより複雑になるだけではないか。ご一同のなかに小笠原《おがさわら》流礼法に精通していると自負できる御仁はおられるか」

「いるわけない」

中務が嘆息した。

礼儀礼法は剣術や、槍術《そうじゅつ》と同じで物心ついたころから学んでいなければ身に付かないし、なにより細かいところまで覚えるとなれば、それだけで生涯を費やすほどややこしい。

とても目付に選ばれてから勉強しますでは追いつかなかった。

「それでよく高家から礼儀礼法監察を奪ったものよ」

嘲笑されるだけならまだしも、

「…………」

高家を同道しなければならない家督相続の挨拶、隠居の願いなど、将軍家への謁見が必須な場所で助言、手助けを受けられなくなる。

「なんじゃあれは」

旗本の家にかかわる謁見には、若年寄《わかどしより》が同席する。その若年寄をあきれさせることになれば、家の未来は暗い。

まちがいなく立身出世はできなくなる。

「あの家とかかわりになると、こちらにも悪影響が及ぶ」

とばっちりを受けたくない家は、付き合いを断ってくる。下手をすれば、嫡子にまともな家から正室を求めることができなくなってしまう。

「高家へ圧力をかけるだけでよかったものを」

中務が愚痴をこぼした。

「だからといって、主膳正を止めるわけにはいかぬぞ」

「邪魔もできぬ」

目付は一人で完結する。目付の行動は、老中といえども止められない。監察を制することができるようでは、その役目は無意味になる。

「知らぬ顔でやり過ごすか」

歳嵩《としかさ》の目付が無難なことを口にした。

「それを我ら一同の意思だと取られてはまずい」

若い目付が否定した。

「まさか高家、吉良家に媚《こ》びを売るというのではなかろうな」

中務が顔色を変えた。

「目付の矜持《きょうじ》を捨てる気はない」

若い目付が強く首を左右に振った。

「では、どうする」

「…………」

問われた若い目付が黙った。

「目付の役目に障らず、吉良家の機嫌を取る……」

その場にいた目付たちが悩んだ。

「……どうであろうか」

しばらくして中務が提案をしようとした。

「我らが吉良家から礼儀礼法を学ぶというのは」

「礼儀礼法を……」

「ふむ」

中務の提案に目付たちが思案しだした。

「目付の役目にも役立つことである」

「たしかに」

大名や旗本の行動が礼儀に適《かな》っているかどうかがわかるだけで、役目はかなりしやすくなる。

「待て、それは高家の権を奪うための準備と取られかねぬぞ」

歳嵩の目付が懸念を表した。

「それがあるか」

指摘に中務が困惑した。

「……誓紙を入れよう」

若い目付が口にした。

「誓紙だと」

歳嵩の目付が首をかしげた。

「柳生《やぎゅう》家は公方《くぼう》さまにも誓紙を願うと聞いた」

「そういえば……柳生の秘術をお見せするには、口外禁止の誓紙を公方さまにも書いてもらうと」

「それじゃ。吉良家から学んだことは、子供であろうが許可なく他言、継承させないと誓えば、高家のお家芸を奪うことにはならぬ」

目付たちの話を勘案した中務が手を叩いた。

「となれば、主膳正が戻ってくる前に、左少将どのに話を通しておかなければ」

中務が腰をあげた。

四

兵は拙速を尊ぶ。

これは孫子《そんし》の兵法に記載されている格言である。正確には「兵は拙速を聞くも未《いま》だ巧の久しきを観《み》ざるなり」といい、その意は「戦には短期決戦が有効であるが、長期にわたって多くの理を得ようとすると碌《ろく》なことはない」というようなものではあるが、その前半だけが戦国乱世のころに多用されるようになり、そのまま名言となって伝わっていた。

「相手に対応させる間を与えてはならぬ」

立花主膳正は吉良家の従者を取り押さえるべく、下城した。

「馬を用意いたせ」

目付は騎乗身分であり、役目の一つである城下火事場見回りでも馬に乗っての出務をした。

「はっ」

徒目付英田五郎右衛門に呼び出された小人目付が急いだ。

「吉良家の屋敷は呉服橋御門内でございますれば、お徒なされたほうが早いかと」

英田五郎右衛門が献策した。

「たわけ。目付が徒でどうする。目付は御上《おかみ》の監察役としての権威を身に纏《まと》っておるのだ」

立花主膳正が格式にこだわった。

「ですが……」

「黙れ。そこまで申すならば、そなたが吉良家へ走れ。余が着くまでに従者を取り押さえておけ」

翻意させようとした英田五郎右衛門を立花主膳正が怒った。

「……では」

英田五郎右衛門が急ぎ足で離れていった。

「目見えもできぬ徒目付など、やはり駒でしかないの。余が深慮遠謀に気づいておらぬ。吉良家の従者を捕らえ、上野介を厳しく詮議《せんぎ》し、罪を認めさせる。その後、目付の権威をもって吉良左少将を押さえ、礼儀礼法監察の権を奪い取る。そして、拙者はその功績をもって、長崎奉行、あるいは大坂町奉行へと転じ、やがて町奉行へと昇っていく。まさに一石二鳥どころか五鳥の策」

立花主膳正が己の考えに酔った。

「お目付さま。お待たせをいたしましてございまする」

「うむ」

小人目付が連れてきた馬に立花主膳正が跨《また》がった。

「手綱を取れ」

「お預かりいたしまする」

立花主膳正の指図で、小人目付が手綱を持って馬を引いた。

「呉服橋御門まで参る」

目付といえども、大手門のなかで騎乗はできなかった。

一度、大手門を出てから馬で堀沿いを進んで、呉服橋御門へと向かう。

立花主膳正が馬の腹を蹴《け》った。

三郎は大手門から出ず、城内を回って呉服橋御門内の屋敷へと戻った。

「若さま、いかがなさいました」

真剣な顔で帰ってきた三郎に、小林平八郎が驚いた。

「面倒が起こった」

三郎が小林平八郎に説明した。

「目付がわたくしの話を聞きにくると」

「ああ」

確かめた小林平八郎に三郎がうなずいた。

「父の指図じゃ。しばらく身を隠せ」

「屋敷を出ずとも奥に隠れていれば……」

「家捜しすると言い出しかねぬ」

「そこまで……愚か者めが」

陪臣にとって目付であろうが、若年寄であろうが、主家よりも重きを置く理由はない。禄をくれるのは吉良家であり、その吉良家に害をなす者は、すべて敵であった。

「落ち着け。今日明日のことだ。吉原でも行ってこい」

吉原での支払いは揚屋を通じてのものとなるため、金を持たずとも寝泊まり食事はできる。

「そういうわけには参りませぬ」

主家の危難に遊んでいるわけにはいかないと小林平八郎が拒んだ。

「若さま」

行け、残るとの押し問答をしているところに、門番が走り寄ってきた。

「……もう来たか」

三郎が苦い顔をした。

「目付でございまするか」

小林平八郎の目に剣呑《けんのん》なものが浮かんだ。

「いえ、徒目付の英田五郎右衛門さまと」

「徒目付……なんだと申しておる」

「門を開けよと」

三郎に問われた門番が答えた。

「目付はいないのだな」

「お一人のように見受けました」

門番が告げた。

「平八郎を逃がさぬためだな」

すぐに三郎が気づいた。

「若さま……」

小林平八郎が顔色を変えた。

「とりあえず、そなたは長屋の門から外へ出よ」

「ですが……」

「命じゃ」

もうぐだぐだしている暇はない。三郎が強い口調で言った。

「……はっ。では、目付たちがいなくなり次第戻って参りまする」

「そうしてくれ。吾も心許《こころもと》ないでの」

一礼した小林平八郎に三郎がうなずいた。

「若殿さま、徒目付さまはどのように」

門番が対処を訊いた。

「放っておけ」

「えっ」

言われた門番が間の抜けた声を出した。

「徒目付の役目はお目通りできぬ御家人の監察じゃ。吉良は高家。旗本の最上席である。その吉良家に徒目付が指図することは能《あた》わず」

厳しく三郎が断じた。

「はっ。ではそのように」

いそいそと門番が戻っていった。

陪臣が直臣、それも徒目付を一喝することなどあり得ない。それができるとなれば、門番が興奮するのも無理はなかった。

「開けぬか」

英田五郎右衛門が門前で何度目になるかの大声をあげた。

「お待たせをいたした」

潜《くぐ》り門の覗《のぞ》き窓だけを開けて、門番が応対した。

「遅い。さっさと門を開けよ」

英田五郎右衛門が門番を急かした。

「開けぬ」

「なんだと。こちらは徒目付であるぞ。吉良家に問いただすことあるによって、まかり越した。御用である」

門番の拒否に英田五郎右衛門がわかっているのかと声を荒らげた。

「当家は高家である。高家に徒目付の手は届かぬ」

「ぐっ」

正論に英田五郎右衛門が詰まった。

「まもなくお目付さまがお出でになる。そうなっては吉良家に傷が付くぞ」

今なら間に合うと英田五郎右衛門がなだめにかかった。

「ならば、ご当主さまのご許可を取って参れ」

「……………」

門番の反応も正しい。

英田五郎右衛門が黙った。

「すでに吉良上野介の許可は得ておる」

「無礼な。呼び捨てにするとは」

職務の都合上、監察役は敬称を付けないことが多い。敬称を付ければ、そこに上下ができてしまうからだ。

「上野介さまに罪状があるのだな」

「……それは」

門番に確かめられた英田五郎右衛門が困った。立花主膳正から吉良家臨検の話は聞いたが、どのような疑いかは聞いていない。

「言えぬだと。英田五郎右衛門と申したな」

門番は吉良家としての応答をしている。英田五郎右衛門を呼び捨てにしても問題にはならなかった。

「その名前、覚えた」

後で吉良家から正式に抗議をすると門番が宣言した。

「ま、待て」

門番にあしらわれたとあっては、英田五郎右衛門の地位は危なくなる。

「役立たずめが」

目付の立花主膳正が、英田五郎右衛門をかばうはずはない。

「お役を辞せ」

それどころか、己に波及しないようにあっさりと蜥蜴《とかげ》の尻尾《しっぽ》切りをしてのける。

監察を辞めさせられた者に、次の役目は回ってこない。生涯小普請組という無役で過ごすことになる。

「頼む」

英田五郎右衛門がついに下手《したて》に出た。

「………」

門番は無視した。

「英田、なにをしておる。大門が閉まったままではないか」

騎乗のまま近づいてきた立花主膳正が英田五郎右衛門を咎めた。

「申しわけございませぬ。吉良の者が開門を拒みまして」

「それをどうにかするのが、そなたの仕事であろう。そもそも率先して動いたのは、そなたであるぞ。それができなかったなどと、恥ずかしいとは思わぬのか」

責任を感じて小さくなっていた英田五郎右衛門を、立花主膳正が罵倒《ばとう》した。

「………」

英田五郎右衛門は言い返せなかった。

「もうよい、下がれ」

立花主膳正が英田五郎右衛門を手で追い払うようにした。

「開門いたせ。目付立花主膳正である」

騎乗のまま立花主膳正が声をあげた。

「………」

拒絶の声もなく、反応もなかった。

「門番、門番はおらぬのか」

立花主膳正が聞こえなかったかと声を大きくした。

それでも門に変化はなかった。

「ときを稼ぐつもりか」

聞こえなかったと言われれば、それを否定することは難しい。

「……そっちがその気ならば。誰ぞ、その辺りの屋敷で掛け矢を借りて参れ」

「掛け矢でございまするか」

小人目付が驚いた。

掛け矢とは大きな木槌《きづち》のことで、古くなった建物を壊すなどに使われた。

「さっさといかぬか」

英田五郎右衛門の不手際で機嫌の悪くなった立花主膳正が一層怒った。

「た、ただちに」

小人目付が、大急ぎで隣の屋敷へ頼みにいった。

「あいにく、当家に掛け矢はござらぬ」

「掛け矢は下屋敷に」

何軒か回ったが、どことも掛け矢を貸してはくれなかった。誰もが高家を敵に回したくない。

「ふざけておるのか、目付をなんだと……」

立花主膳正が同じ文句を口にした。

「そのほう、体当たりをせよ」

「無理でございまする」

高家の大門である。使われている板は分厚い檜《ひのき》であるし、要所には鉄の鋲《びょう》が打たれており、とても人力でどうにかなるとは思えなかった。

「やってみねばわかるまいが」

冷たく立花主膳正が命じた。

「……はい」

小人目付は十五俵一人扶持《ぶち》という軽輩中の軽輩で、黒鍬者《くろくわもの》や小者《こもの》、中間《ちゅうげん》のなかから選ばれ、その任にある間だけ士分として扱われる。普段は徒目付の指図を受けて、探索や牢屋敷見廻り、火事場見廻りなどをしている。一応、下手人《げしゅにん》追捕もおこなうので、あるていどの武術は修めているが、大門に勝てるほどではなかった。

「開けてくれ」

思い切りぶつかれば、骨を折ることはまちがいない。祈るように小人目付が身構えて大門へ体当たりをしようとした。

「開門、開門」

なかから大声かして、大門が完全に引き開けられた。

「おっとお」

小人目付が止まれずに門内に突っこんだ。

「なにやつ」

「狼藉《ろうぜき》者じゃ」

門内が一気に騒がしくなった。

「鎮まれ、鎮まれ。吾は目付立花主膳正である」

騒動になりかけたのを立花主膳正が押さえようと声を張りあげた。

「殿のご帰還に合わせての狼藉、出会え、出会え」

立花主膳正の言など聞こえないと、門番が叫んだ。

「高家の屋敷に討ち入ってくるとは、慮外者め」

押っ取り刀で、吉良家の家臣が出てきた。

「取り押さえよ。手にあまらば斬れ」

玄関式台に立って三郎が指示を出した。

「槍《やり》を持て」

「はっ」

三郎が手を伸ばすと、合わせて小林平右衛門がすかさず鴨居に掛けられていた槍を手渡した。

「ひっ」

多少武芸ができようとも数の差は脅威である。しかも槍まで持ち出されては、小人目付では抗《あらが》いようもなかった。

「待てと申しておる。目付の臨場であるぞ」

ふたたび立花主膳正が大きな声を出した。

「手向かいいたすな」

三郎が腰を抜かしている小人目付に槍を擬した。

「……………」

人を斬った経験を持つ三郎の穂先は、独特の迫力をもって小人目付を圧した。

「お手向かいいたしませぬ」

小人目付が降参した。

「上野介、聞こえぬのか」

立花主膳正が三郎に話しかけた。

「大門を閉めよ」

「はっ」

三郎の指図で小人目付を門内に残したまま大門が閉じられた。

「おいっ」

立花主膳正が呆然《ぼうぜん》とした。

「……閉門」

立花主膳正が呆然とした。

あっという間に閉じた大門に、立花主膳正が呆然《ぼうぜん》とした。

「……これはお目付どの」

潜り門が開いて三郎が出てきた。

「上野介、なにをしておる」

立花主膳正が気を取り直して、三郎を詰問した。

「ただいま取りこんでおりますれば、これにて」

「これにてでけない。目付の臨検であるぞ」

三郎の返答に立花主膳正があきれた。

「当家へ討ち入った者がおりまする。ここは呉服橋御門内、城内でございまする。

これは謀反でござる」

「あれは、余が連れてきた小人目付である。不意に大門が開いてしまったため、なかへ入りこんだだけである」

「なんと、あの者は主膳正どのが手の者……」

「まちがえるな。臨検の供じゃ」

「連れてこられた、すなわち主膳正どのの指揮を受けていたと」

三郎が大きく驚愕《きょうがく》した。

「そなた……」

「お目付さま」

後ろに下がっていた英田五郎右衛門が立花主膳正に近づいた。

「なんじゃ」

「周囲をご覧いただきたく……」

「……うっ」

近隣の屋敷から多くの人が出てきて、注目していた。

「謀反でござる」

辺りに聞こえないくらいの声で三郎が言った。

「ここは一度出直されたほうが……」

英田五郎右衛門が撤退を勧めた。

「やむを得ぬか」

立花主膳正が苦い顔をした。

「このままではすまさぬぞ、上野介」

三郎を睨みつけて、立花主膳正が馬首を返した。

第四章　人の争い

一

小人目付を取り押さえた吉良義冬《きらよしふゆ》は、ただちに手を打った。

「よくぞ、してのけたわ」

吉良義冬が興奮した。

「偶然ではございましたが」

三郎《さぶろう》は苦笑した。

「なんでもよいわ。ようは手立てができたことが重畳である」

「怪我の功名でございますか」

「もう一度、登城して参る。手配りをな」

韜晦《とうかい》する三郎を残して、吉良義冬が屋敷を出ていった。

「若さま」

「平八郎《へいはちろう》か。落ち着くまで戻ってくるなと命じたはずだが」

いつの間にか側に来ていた腹心に三郎が嘆息した。

「外で目付が帰るのを見ておりましたので。というよりも、あれだけ派手なまねを為《な》されては気づかぬはずはございませぬ」

「それもそうか」

三郎が納得した。

「見てきたか、小人目付を」

「納屋に押しこまれておりましたが、おとなしいものでございました」

訊《き》いた三郎に小林《こばやし》平八郎が答えた。

「高家《こうけ》の屋敷を侵したのだ。無事ではすまぬとわかっておるからだろうな」

三郎がうなずいた。

「しかし、よく目付が小人目付の身柄を要求いたしませなんだことでございますな」

小林平八郎がしみじみと言った。

「屋敷の門内は、目付の手の入らぬところだからの」

大名、旗本の屋敷は出城《でじろ》として扱われる。その内側でおこなわれていることは、幕府でもよほどのことがないかぎり手出しできない。

別段、明文化されているわけではないが、慣習として効力を持っている。

「取り返せ」

立花主膳正《たちばなしゅぜんのかみ》があの場で強権を発動したとしたら、小人目付を取り戻すことはできただろうが、まちがいなく後々影響が出た。

「前例を作りおって」

役人のしたことは、どのようなものでも前例となる。今後目付が屋敷のなかに手を出すことが認められてしまう。

当然、そのようなことを大名や高禄《ろく》旗本は辛抱できなかった。

「立花主膳正、伊豆下田《いずしもだ》奉行を命じる」

だからといって監察に露骨な復讐《ふくしゅう》は、できない。となれば、立花主膳正を目付でなくしてしまえばいい。目付は監察だけに、老中《ろうじゅう》といえども罷免はできなかった。

目付の任免は将軍だけのものであった。

ならば目付から外してしまえばいい。立身出世となれば、断りにくい。

「目付の任に生涯をかけておりますれば」

「さようか」

断ることはできるが、それは永遠に出世を捨てるという意味になる。しかも話を持ってきた権力者の機嫌を損ねる。

「あの者は……」

執政衆あたりから、目付の悪口を聞かされ続ければ、将軍も考える。

「監察にふさわしくない」

もともと人の粗を探す監察という役目は嫌われやすい。多少の悪口くらいならば、聞き逃す将軍といえども、続くとうっとうしくなる。

「大儀であった。ゆっくり休め」

秩序は守るためにある。それが悪癖とか、古すぎるものでも守らなければ、いずれ法が崩れ始める。

「正義のためには……」

「やむを得ず……」

法度を破った者にもそれなりの理由はある。だが、それを認めていては国はやっていけなくなろ。

結局、目付が割を食う。

それを立花主膳正はわかっていた。

「小人目付をどのように利用なさるのか」

まだ城内のことに慣れていない三郎には思いつかなかった。

「父上はどこが落とし所だとお考えなのか」

三郎が口を一文字に引き結んだ。

目付部屋へ戻った立花主膳正は、一人悩んでいた。

「…………」

「いかがした」

すでに下城時刻は過ぎている。宿直番として残っていた中務《なかつかさ》が、立花主膳正の顔色の悪さに気づいた。

「大事ない」

思案の邪魔だと立花主膳正があしらった。

「そうか」

目付は誰がなにを調べているかを気にはしなかった。

「まずいことになった」

立花主膳正が目つきを険しいものにした。

吉良義冬は人気《ひとけ》の少なくなった城内を歩いていた。

「……さすがにまだ帰っていなかった」

座敷の襖《ふすま》、その隙間から灯《あか》りが漏れていた。

「御免」

吉良義冬が襖の外から声をかけた。

「……どなたか」

なかから誰何《すいか》が返ってきた。

「吉良左近衛少将《さこんえのしょうしょう》でござる」

「しばしっ」

名乗りになかがばたついた。

「……お待たせをいたしましてございまする」

なかから右筆《ゆうひつ》が出てきた。しっかり、なかが見えないよう後ろ手に襖は閉じている。

「御用中にすまぬ」

まず吉良義冬が詫《わ》びた。

「いえ、それはかまわないのでございまするが……高家肝煎《きもいり》の左近衛少将さまがこのようなところまでお見えとは、いかなる御用でございましょう」

右筆が吉良義冬に用件を問うた。

「本日御用を終えて屋敷に……」

経緯を吉良義冬が語った。

「そのようなことが……」

聞いた右筆が驚いた。

「で、どのようにいたせばよいのかを、前例を把握している右筆どのに聞きたくて参った」

吉良義冬が告げた。

「……お待ちを」

少し考えた右筆が一礼して、右筆部屋へと戻っていった。

右筆は江戸《えど》城、幕府、徳川《とくがわ》家すべての書付を扱う。当然、なにがあったかも把握していた。

「お待たせをいたしましてございまする」

少しして右筆が出てきた。

「小人目付がお役目中にそのような振る舞いをしたという、前例はございませなんだ」

「さすがにないか」

右筆の言葉に吉良義冬が嘆息した。

「ですが、大名家の門内に牢人《ろうにん》が仕官を求めて入りこんだという例はございました」

「ほう。そのときはいかに」

吉良義冬が目を大きくした。

「討ち取りましてございまする。もちろん、御上《おかみ》からのお咎《とが》めはございませぬ」

「ふむ」

「もう一つ、これはあまりいい話とは言えませぬが……」

「いい話ではない……どのような」

言いにくそうな右筆を吉良義冬が促した。

「同じような例でございますが」

一度右筆が息を吸った。

「仕官を望む牢人が、門前で叶《かな》わぬならば切腹すると大名家を脅したのでござる」

「切腹とは、また思い切ったことを」

吉良義冬が驚いた。

「ご存じなかったでしょうか。しばらくの間でしたが、外様《とざま》大名を狙って流行《はや》っておりましたが」

「旗本の屋敷に来なかったのならば、わからぬ」

大名も旗本も、基本他家のことを気にしない。もちろん、一門とかは別であるし、利用しようとか、陥れようと考えているときは徹底して調べる。

「実際せぬのに切腹というのは……」

「門前を血で汚されては困る大名家が、小銭を出し追い払うからでござる」

「強請《ゆすり》か」

蔑《さげす》むように吉良義冬が吐き捨てた。

「どこの大名かは避けさせていただきますが、いい加減切腹すると脅す牢人が腹立たしかったのでしょうな。どうぞと屋敷のなかへ連れこみ、無理矢理切腹させたという例がございました」

「それは思い切ったことを。しかし、門内のことがよく知れたものだ」

吉良義冬が首をかしげた。

「近隣の大名家も困っていたからでございましょうな。大門を開けたままで見せつけるようにやったと」

右筆が説明した。

「その大名家のどこかがご注進したわけか。浅ましい」

仲間とは言わないが、同じ思いをしていた者が、幕府の機嫌取りに近隣の大名を売る。吉良義冬が嫌悪感をあらわにした。

「要らぬことであったな。で、どうなった」

「お咎めはございませんでした。牢人は大名家を汚そうとしたということで、無礼討ちとして認められましてございまする」

「お咎めは受けぬと」

「おそらくは」

吉良義冬の確認に右筆が首肯した。

「目付が訴えたとしても……」

「評定所《ひょうじょうしょ》からのお問い合わせには、前例なしとお答えすることになりまする」

さらに確かめた吉良義冬に右筆が告げた。

目付は訴追までしかできない。訴追を受けた幕府は、その罪の重さ、被告の家柄などを勘案して評定所を開く。

そして評定所は、訴追の内容について右筆へ問い合わせる。前例があれば、それに従うのが楽だからだ。

「かたじけなし」

礼を述べて、吉良義冬は右筆部屋から離れた。

二

立花主膳正は、翌朝一番に老中への面談を求めた。

「しばし待て」

老中は多忙を極める。すぐに目通りが叶うことはなく、半刻《とき》（約一時間）は待たされる。執政は幕府最高の権威を誇ることから、軽々に配下の要望に応じることなく、もったいを付けるのだ。

「……まだか」

配下として同行させた小人目付が捕縛されたことへの衝撃が、立花主膳正をして焦らせていた。

そもそも執政の朝は昨夜の報告を受け、本日の指示を出す時刻でもある。そうでなくとも多忙な老中が、不意の目通り願いを後回しにするのは当然であった。

「一通りは終えましたかの」

酒井《さかい》雅楽頭《うたのかみ》忠清《ただきよ》が一息ついたのは、執務開始の朝四つ（午前十時ごろ）から一刻（約二時間）ほど経っていた。

「ご執政さま」

その様子を見た御用部屋坊主が声をかけた。

「どうかしたか」

酒井雅楽頭が御用部屋坊主に顔を向けた。

御用部屋坊主は、お城坊主の出世頭である。老中の執務部屋である御用部屋で待機し、来客の対応、湯茶の接待、筆をそろえたり墨を摺《す》ったりなどの雑用をこなす。幕府の政《まつりごと》や機密に触れることもあるため、口が堅く、気働きのできる者が選ばれた。

「目付立花主膳正さまがお目通りをと」

「おおっ。忘れておったわ」

御用部屋坊主に言われて、酒井雅楽頭が思い出した。

「まったく、忙しいときに不意の目通りなど……迷惑な」

老中は慣例として、登城している刻限が決められている。月番は城中見廻《みまわ》りという役目があるゆえこの慣例から外れるが、それ以外の老中は、朝四つから昼八つ（午後二時ごろ）までの二刻しかない。その短い間に政務をこなさなければならないのだ。それこそ厠《かわや》へ立つことさえ難しい。幕政最高の地位にある老中が、遅くまで残っていると下僚が帰りにくいという、口実になるのかならないのかわからない理由ではあるが、これも決まりであった。

「どこにおる」

酒井雅楽頭が御用部屋坊主に問うた。

「外の入り側にてお控えでございまする」

「そうか。では、行くか」

御用部屋坊主の返答に、面倒くさそうに酒井雅楽頭が腰をあげた。

老中の執務室である上の御用部屋は、将軍の居室御座《ござ》の間に隣接している。政務が滞りなく進められるようにとの位置取りであった。

当然、警戒は厳重を極める。

とは限らない。

上の御用部屋に用があるような顔をして、御座の間に近づこうとする者がいない
「御老中さまに」

「止まられよ」

それらの侵入を防ぐため、三代将軍家光《いえみつ》のとき、御座の間に近い土圭《とけい》の間に近習《きんじゅ》番を詰めさせ、近づく者が武器を持っていないかの検分がおこなわれた。

「目付である」

当たり前だが、どのような役職であろうとも、将軍を守る近習番には逆らえない。それは将軍へ直訴することが許されている目付といえども例外ではなかった。

「恥辱なり」

武士が身体をまさぐられ、武器の類《たぐ》いを取りあげられる。これは戦で負けて捕まった将、あるいは降伏した者への対応である。

旗本のなかの旗本と自負している目付にとって、近習番による身体検《あらた》めは我慢のならないものであった。

「ならば、そこに至らねばよし」

目付をはじめとして、検めを嫌がる者は、近習番が詰める表御殿と中奥の境目を

越えないようにしていた。一応、上の御用部屋は表御殿に含まれる。とはいえ、近づきすぎると近習番の誰何を受ける可能性が出た。

それを避けるために御用部屋坊主を使う。

御用部屋坊主はなかにいる者と外で老中への目通りを願う者の取り次ぎをする者に分かれている。

御用部屋坊主は僧侶《そうりょ》という形を取る。言うまでもなく身に寸鉄も帯びていない。

御用部屋坊主はどこをうろつこうが、近習番の検めを受けることはなかった。

「……どこだ」

上の御用部屋を出た酒井雅楽頭が、外の御用部屋坊主に立花主膳正の居場所を問うた。

「呼んで参りましょうや」

「かまわぬ」

御用部屋坊主の気遣いを酒井雅楽頭が断った。

「あちらでございまする」

「ああ、あれか」

御用部屋坊主が少し離れた入り側の奥を示した。

酒井雅楽頭が立花主膳正を見つけた。

目付は城中で唯一、黒麻裃《かみしも》を纏《まと》う。吾《われ》こそ監察なりと、言って歩いているようなものであり、今でも立花主膳正の近くには人がいない。それだけ目付は面倒な相手と思われていた。

「なっておらぬ」

どこに嚙《か》みつかれるかわからないのだ。老中や若年寄に用のある者は、黒麻裃を見ただけで遠ざかる。

「主膳正であるな。雅楽頭である」

待たせた詫びもなく酒井雅楽頭が立ったままで、立花主膳正に話しかけた。

「用件を申せ」

酒井雅楽頭が忙しいと言外に述べた。

「吉良家に謀反の疑いがございまする」

「言葉を選べ、主膳正。謀反とは穏やかではないぞ。これが外様どもとなればまだわからぬでもないが、吉良家は徳川家に繫《つな》がる名門である」

徳川家康《いえやす》が征夷大将軍《せいいたいしょうぐん》になるため源氏《げんじ》の出自が要るとなったとき、吉良の系図にそれを求めた。もちろん、形だけのものではあるが、それでも吉良は徳川家から格別な家柄としての扱いを受けている。

その吉良家に謀反という言葉を口にした立花主膳正を酒井雅楽頭が注意した。

「いえ、まちがいないことでございまする」

「委細を申せ」

注意を受けても引かない立花主膳正に、酒井雅楽頭が促した。

「昨日……」

立花主膳正が先触れに出た小人目付を吉良家が捕らえ、立花主膳正の開門要求にも応ぜず、閉門したままだと告げた。

「それのどこが謀反だと」

「目付の指図に従わぬのは、御上に逆らうこと。すなわち謀反でございまする」

「……で、どうしたいと」

あきれた顔で酒井雅楽頭が立花主膳正に訊いた。

「吉良の当主を閉門、蟄居《ちっきょ》させて……」

「申しておることが一致せぬの。そなたは」

「はあ」

厳しく断じた酒井雅楽頭に、立花主膳正が啞然《あぜん》とした。

「謀反は、九族《きゆうぞく》皆殺しが決まりである」

「…………」

酒井雅楽頭の言に立花主膳正が息を呑《の》んだ。

「謀反にかんしては女子供、老人も許されぬ。吉良家は断絶、左少将と上野介は斬首、正室《せいしつ》の実家である寄合旗本酒井和泉守《いずみのかみ》家も断絶、当主と隠居は切腹。ああ、酒井和泉家と余も一族じゃでな。断絶切腹の連坐《れんざ》をくらうほど近くはないが、それでも老中は辞して隠居はせねばなるまい」

「ひっ……」

立花主膳正が悲鳴を漏らした。

「ああ、そういえば上野介と米沢上杉播磨守《よねざわうえすぎはりまのかみ》家の縁談もあったな。まだ婚儀はなしておらぬがただではすまぬ。当然、仲立ちの保科肥後守《ほしなひごのかみ》さまも……」

「お、お待ちを」

蒼白《そうはく》になりながら立花主膳正が願った。

「む、謀反ではございませぬ」

立花主膳正が何度も首を横に振った。

「なにを申しておる。謀反ではなかろうとの余の助言を否定したのは、主膳正、そなたであるぞ」

「こ、心得違いでございまする」

立花主膳正が必死になった。

幕府老中と大政委任とまで言われた保科肥後守を巻きこむ。それがどれだけの大事かは言わずともわかっている。幕政の混乱はもちろん、根幹まで揺るがすことになる。

「目付の妄言が原因である」

当然、その責任は立花主膳正に向かう。

もっとも役儀のうえからのことである。立花主膳正が咎めを受けることはないが、

「よくも三代将軍家光さまの弟君さまを巻きこんだ」

「徳川四天王の酒井家に傷を付けた」

「目付にそのような力を持たせるのはどうか」

まちがいなく批判を受ける。

「要らぬことを」

目付全体への誹謗《ひぼう》中傷は、同僚の怒りを喚起する。

「のうのうとしておられるものだ」

「儂《わし》ならば耐えられぬ」

目付部屋にいても針のむしろになる。

「辞したく」

居づらくなって目付を辞めることになる。

そうなれば、立花主膳正を守ってくれる者も、ものもなくなる。

「在任中にお気に染まぬことこれあり」

罪をはっきりさせることができないときに、幕府が使う手法が立花主膳正を襲う。

旗本は将軍の家臣であり、その生殺与奪が握られている。将軍が気に入らないというだけで、罷免することはもちろん切腹させることもできた。

過去、二代将軍秀忠《ひでただ》は顔が気に入らぬという理由で旗本を斬り殺したが、これを家康は咎めていない。

「なにとぞ、なにとぞ、なかったことに」

己が悲惨な転落をするとわかった立花主膳正が、酒井雅楽頭に頼んだ。

「なかったことだと。面白いことを申す。そなたは多忙なる老中をからかうために呼び出したのか」

険しい声で酒井雅楽頭が立花主膳正を追及した。

「そのようなつもりでは……」

「どのようなつもりであったと申すか」

酒井雅楽頭が立花主膳正を睨《にら》んだ。

「それは……」

「申せ」

下手なことを言えば、より酒井雅楽頭を怒らせる。

「……………」

口ごもった立花主膳正を酒井雅楽頭は許さなかった。

「捕まった小人目付を救いたかった。そうであるな」

黙ってしまった立花主膳正を、酒井雅楽頭が誘導した。

「さ、さようでございまする。わたくしは小人目付が哀れと思い、ご執政さまのお力をもってお救いいただきたく……」

藁《わら》にもすがるとはこのことばかりに、立花主膳正が酒井雅楽頭の誘導に乗った。

「であろう」

険しい気配を消して、酒井雅楽頭がうなずいた。

「余のほうから、左少将に申しつけておこう」

「畏《おそ》れ入りまする」

立花主膳正が喜んだ。

「ところで、主膳正」

「なんでございましょう」

柔らかい口調のままの酒井雅楽頭に、立花主膳正が無防備に応じた。

「そなた、何用で吉良の屋敷を訪れた」

酒井雅楽頭がふたたび声を厳しいものにした。

「それは……」

吉良家の系譜を先ほど教えられたばかりである。立花主膳正が答えに迷った。

「目付が旗本の屋敷を臨検する。これは尋常ならざることである。いつもならば、下城停止を命じ、用人を呼び出してとなるはずだが、どうしてその手順を踏まなかった」

老中ともなれば、目付のことにも詳しい。

「じつは……」

立花主膳正が三郎の疑いについて述べた。

「どこに問題がある」

聞いた酒井雅楽頭が怪訝《けげん》な表情を浮かべた。

「旗本の嫡子が、病気療養を言い立てて領地で静養するのは問題ございませぬ」

立花主膳正が続けた。

「なれど、まっすぐ東海道《とうかいどう》を戻らず、わざわざ中山道《なかせんどう》から日光《にっこう》街道で東照宮《とうしょうぐう》へ行ったというのが気になりまする。病で見習とはいえお役目を休んだ者が、遠回りしてくるなど……仮病を疑われてもいたしかたないのではございませぬか」

「東照宮へ参詣したことになんの障害もあるまい。神君さまへの敬意は、旗本として持っていて当たり前のこと。生涯東照宮へ参らぬ者のほうが多いなか、嫡子の身分ながら拝するのは殊勝である」

酒井雅楽頭が三郎を援護した。

「そもそもなぜ上野介に疑念を持ったのだ。病気療養を申し立てている者などいくらでもおろう」

「高家という高き身分を持つ者は、他の者の手本とならねばなりませぬ。その高家が御上を謀るなど……」

「だから、なぜ上野介に目を付けたのかを問うている。なにかしら怪しげな動きでもいたしておったのか」

「…………」

「恣意《しい》ではなかろうな」

口をつぐんだ立花主膳正に酒井雅楽頭が鋭い目を向けた。

「目付は公明正大でなければならぬ。その目付が恣意で動くなど論外であろう」

「…………」

「黙るな。目付であろう。監察の権は強い。だが、その責も大きいのだ。容易に振るってはならぬ。まさに伝家の宝刀であるべき」

酒井雅楽頭の発言は正論であった。

「申しわけございませぬ」

老中に言われてこれ以上の反発は命取りになる。

立花主膳正が頭をさげた。

「とはいえ、命に従っただけの小人目付は哀れである」

「はい」

急いで立花主膳正が同意を示した。

「ただ屋敷内のこととなれば、慣例として表だっての介入は難しい」

「そこをなんとか雅楽頭さまのお力で」

立花主膳正がすがった。

「そうはいかぬ。先ほども申したであろう。権力は容易《たやす》く振るうものではないと」

酒井雅楽頭が立花主膳正に釘《くぎ》を刺した。

「坊主」

振り向いて酒井雅楽頭が、御用部屋坊主を呼んだ。

「御用を承りまする」

御用部屋坊主が、小腰を屈《かが》めた姿勢で小走りという独特の姿で近づいてきた。

「右筆をこれへ」

「ただちに」

酒井雅楽頭の指図を受けた御用部屋坊主が独楽鼠《こまねずみ》のように走っていった。

走ることを禁じられている城中で、医者とお城坊主は駆け足が許されている。医者は命にかかわるため、御用部屋坊主は天下の大事にかかわるからであった。すわ一大事のときだけ走っていては、周囲に異常が知れ渡る。それを避けるために、なんの用もないときでもお城坊主は小走りで移動した。

「……お待たせをいたしましてございまする。すぐにこちらへ右筆さまが」

「大儀」

戻ってきた御用部屋坊主を酒井雅楽頭がねぎらった。

「お召しでございましょうか」

走っているとは言われないぎりぎりの早足で、右筆が酒井雅楽頭のもとへ急いだ。

「参ったか。聞きたいことがある。旗本の屋敷に……」

酒井雅楽頭が事情を話して、前例を問うた。

「捕らわれた者が、解放されたという記録も、討ち果たされたという記録もございまする」

「お咎めは」

昨日吉良義冬から知らされている。右筆のなかで情報の共有はすでにできていた。

「ございませぬ」

「そんな馬鹿なっ」

酒井雅楽頭の質問に右筆が答え、立花主膳正が驚愕《きょうがく》した。

「無事に引き渡したときの記録では、褒賞などはあったか」

「記録にはございませぬ」

さらに尋ねた酒井雅楽頭に右筆が、暗にあったが表沙汰《おもてざた》にはしていないと含んだ。

「ご苦労であった」

酒井雅楽頭が右筆をねぎらって返した。

「坊主」

「はっ」

少し離れたところで待機していた御用部屋坊主を酒井雅楽頭がもう一度呼んだ。

「吉良左近衛少将を」

「はっ」

御用部屋坊主がまたも小走りでいった。

「そなたはもうよい」

「最後まで同席させていただきたく」

手を振った酒井雅楽頭に、立花主膳正が要求した。

「そなたがおることで左少将が頑《かたく》なになっても、余は知らぬぞ。余は一度だけ、左少将に小人目付を解放せよと言うだけじゃ。結果まで面倒は見ぬ。それでよければ、同席するがよい」

酒井雅楽頭が冷たく宣した。

「そうさせていただきまする」

あくまでも同席すると立花主膳正が言った。

三

三郎は屋敷での面倒事から手を引いた。

「後は任せておけ」

昨夜遅くに戻ってきた父よりそう言われたというのもあるが、うるさい目付との折衝にうんざりしていたからであった。

「今日はいかがなさいまするや」

小林平八郎が問うた。

「そうよな。まずは米沢上杉家のことをせねばなるまい」

「三姫《さんひめ》さまのことでございますな」

三郎の意見を小林平八郎も認めた。

「どこかで一度会わねばなるまい」

三姫に気に入られる、いや惚《ほ》れられなければならない。となると会うのがもっとも手っ取り早い。

手紙や和歌の遣《や》り取《と》りというのが通常の手段であるが、それでは一定以上の親しみは生まれなかった。

「王朝の昔ではあるまいし」

かつて平安《へいあん》のころは、歌を贈り贈られして、互いの間を紡ぎ、想い合うということもあった。だが、それにはかなりの手間と、和歌に対する素養が要る。

高家の息子として、三郎も和歌や詩、茶道などを一通り学んでいる。さすがに恋歌を書いたことも贈ったこともないが、作れと言われれば詠める。

ただ、和歌の遣り取り、手紙の往復には相手がある。

相手に相応の素養がなければ、和歌の意図は通じなかった。なにせ、いろいろな約束事が多い。枕詞《まくらことば》だ、掛詞《かけことば》だ、誰それの歌を手本とした言い回しだとか、知らなければどうしようもない。

また、手紙や和歌では、本人が実際に書いたもの、作ったものという保証がなかった。

「絵姿を見ても意味なかろう」

有名な遊女の絵姿というのはある。見世としてはいい宣伝になるので、絵姿を書かせて飾ったりするが、あれはかなり美化されている。

絵より美人というときもあるのはあるが、少ない。どう考えても信用はできなかった。

「ですが、まだ婚儀もすませておりませぬのに、相手の姫を屋敷に招くとか、こちらから相手を訪れることはできませぬ」

武家の婚姻は、それこそ初夜の床まで顔を見ないというのが当たり前であった。

「どこぞで待ち合わせる形を取るしかないの」

三郎が言った。

「待ち合わせるでございますか」

小林平八郎が戸惑った。

大名の姫を呼び出すことになる。それこそ、前代未聞の行動であった。

「待ち合わせというか、出会い頭というか」

「はあ」

わけがわからないと小林平八郎が間の抜けた声を出した。

「どこぞの神社か、寺へ偶然同じ日、同じ刻限に参拝する」

「ああ」

ようやく小林平八郎がうなずいた。

「ですが、立ち話も難しいかと」

武家の男と女が足を止めて話しているだけで、十分に噂話になる。

「それだがな。どこぞの本堂でも借りて、参籠《さんろう》という形を取ればと思うのだが」

「参籠でございますか……」

心願を御仏《みほとけ》に願うという理由で、本堂で数刻から一夜を過ごすことは珍しいものではなかった。

「となりますと、よほど融通の利く寺でなければ難しゅうございまする」

小林平八郎が難しい顔をした。

「そうよなあ」

三郎も困った。

参籠は平城京《へいじようきよう》に都があったころからおこなわれてきた。

最初は男女、身分の隔てなく、本堂に集まって念仏を唱えて心願成就を願っていたが、時代がさがると純粋さは薄れた。

まず身分で本堂を独り占めする者が出だした。一夜、本堂を自儘《じまま》に使える。

となるとそれを利用してという者が生まれる。

堂々と交際できぬ人妻や、身分違いの姫を参籠という名目で誘いかけ、そこで逢《あ》い引《び》きをする。

やがてそれは庶民にも拡がっていき、それこそ相手を決めずにその場にいた男女が閨《ねや》を重ねるという事態に陥った。

風紀の乱れだといったところで、名分はしっかりとある。

神様参り、仏様詣《まい》りは止めた者に罰が当たる。そういった言い伝えがあるだけに、心願成就をと言われれば止めにくい。

だからといって、参籠の悪い噂が消えるわけではなかった。

「よろしいのですか」

小林平八郎が気にしたのも無理はなかった。

「そこは刻限を短くすること、従者を同行させるしかないな」

三郎がそうするしかないだろうと述べた。

「三姫さまがお引き受けなさいましょうか」

「それよ」

苦い顔を三郎が見せた。

「気に入らぬ男からの呼び出しに応じてくれるか」

「上杉播磨守さまを通じて、お願いをいたしては」

小林平八郎が提案した。

「そうよな。もともと話を持って来たのは播磨守どのである」

三郎もそうするしかないかと口にした。

当主が事情をわかったうえで許可を出したとあれば、少なくとも米沢上杉家から、三郎が責められることはなくなる。もっとも陰口や聞こえよがしの嫌味くらいはあるだろうが、そのていどなら蔑視《べっし》、嫌がらせの総本山ともいうべき朝廷を相手にする高家にとって、痛痒《つうよう》を感じるほどのことでもなかった。

「では、早速にお手紙を」

上杉播磨守への要求を認《したた》めるようにと小林平八郎が三郎を促した。

「……いや」

文机《ふづくえ》と硯《すずり》などを用意し始めた小林平八郎を、三郎が制した。

「いかがなさいました」

小林平八郎が手を止めた。

「播磨守どのを通じるのはよろしくないかも知れぬ」

「なぜでございましょう」

三郎の言葉に小林平八郎が首をかしげた。

「当主が決めた婚姻に苦情をつける姫ぞ。男勝りにもほどがあろう」

「たしかに」

小林平八郎が首肯した。

「それが播磨守どのを使って出て来いなどと言えば、反発するのではないか」

「あり得ますな」

三郎の懸念を小林平八郎も認めた。

「もちろん、会うにしても播磨守どのにはお報《しら》せはせねばならぬ」

無断で姫を呼び出すなど、下手をすれば吉良家と米沢上杉家で争いになる。婚姻など消し飛ぶし、間に立ってくれている保科肥後守の面目も潰《つぶ》すことになった。

「まずは姫へ手紙を出す。婚姻をなせることを喜んでいるというお決まりのものを」

手紙の遣り取りは当たり前の行為であり、咎められることはない。

「返事を待って、次に会いたいという手紙を送ろう」

いかに気に染まぬ相手からの連絡とはいえ、無視することは礼に反する。

「まったく手間のかかることよ」

あらためて手紙を書きながら、三郎が愚痴った。

「保科肥後守さまのお仲立ちでございますので」

幕府第一の実力者が選んだ相手である。婚姻を無事終えるのは当然、夫婦となってからも仲良くしなければならない。なにより嫡子は三姫に産んでもらわなければならなかった。

武家は跡継ぎが重要である。一所懸命と必死に先祖が戦って領地を得るのは、子々孫々まで受け継いでいけるからである。ただ、そのためには血筋が大事であった。

言うまでもないことだが、実子が生まれず養子を迎えて相続をさせた例は、いくらでもあった。

今回の相手である米沢上杉家も、上杉謙信《けんしん》に子がいなかったため甥《おい》の景勝《かげかつ》が跡を継いでいる。この場合はまだいい、近い血縁者である。しかし、主家の庶子を押しつけられたとか、名家の息子を無理矢理にといった例も少なくはない。

ただ、これらは最後の手段であった。

基本、武家は正統な血筋を重んじた。

長男がいても庶子だった場合は、正室が産んだ次男以降が跡を継ぐ。かの織田信《おだのぶ》長《なが》がそうだ。織田信長は次男であったが正室の子供であり、側室《そくしつ》腹の長男を押しのけて跡を継いだ。

今回の婚姻でも同じであった。

現在、三郎には側室も妾《めかけ》もいない。当然子供もいなかった。これは名家の子息としては珍しい。子供が必須の大名や旗本は、元服前後から側室や愛妾《あいしょう》を周囲が用意するのが当たり前であった。

吉良家がそうしなかったのは、単に元服から将軍家お目見え、高家見習、そして従《じゅ》四位《しい》の下《げ》といういきなり高位の位階を与えられるなど、重要なことが続いたため、そこまで気を配る余裕がなかったのだ。

そろそろ跡継ぎがと思っていたところに、今回の縁談である。

仲立ちが保科肥後守ということもあり、断ることはできなかった。また、婚姻が決まってから側室をというのは、米沢上杉家への無礼になる。

さらに保科肥後守が勧めた縁談、すなわち吉良家の次代は三姫の産んだ男子でなければならないという枷《かせ》が付く。

保科肥後守のやることとは、幕府の考えと同義である。すなわち、幕府は吉良家と米沢上杉家を繋ぐと決めたわけであり、三郎はそれに従うしかない。

「この者を跡継ぎといたしたく」

三姫との間に十年以上子供ができなかったのならばまだしも、そうでなければどれほど三郎が気に入っている女との間の息子でも、

「ふさわしからず」

「差し出しなおせ」

幕府は決して認めてくれない。

「そういうことか」

手紙を書き終えた三郎が嘆息した。

「若さま……」

独り納得した三郎に、小林平八郎が首をかしげた。

「いや、父上がなぜ三姫に婚姻を納得させよと言われたかがわかった」

「お伺いいたしても」

聞かせて欲しいと小林平八郎が遠慮がちに求めてきた。

「三姫に嫡子を産んでもらわねばなるまい。それには閨ごとをする。嫌々ではうまくいくまい」

三郎がなんともいえない顔をした。

実際、大名家や旗本家の夫婦で、子を作るためだけに閨をという者もいる。たった一度の共寝で嫡男ができることもあるが、そうそううまくはいかないほうが多い。

「なんと申しましょうか」

小林平八郎が三郎に同情した。

「他人事《ひとごと》だと思うなよ。そなたにも嫁を迎えてもらうぞ」

「それは承知いたしておりまするが……」

三郎に見られた小林平八郎がわかっていると首を縦に振った。

「ならばいい。では、これを頼む」

「お預かりいたしまする」

小林平八郎が三郎の手紙を受け取った。

四

米沢藩上杉家の上屋敷は、内桜田門《うちさくらだもん》を出た正面にある。

三郎の手紙を持って、小林平八郎は上杉家の門番に声をかけた。

「率爾《そつじ》ながら、こちらは米沢藩上杉さまのお屋敷でまちがいございませぬか」

大名も旗本も表札を掲げていない。大体の位置を調べて、あとは現地で確認するのが、初めての屋敷を訪れるときの手順であった。

「いかにもさようでござる。貴殿はどなたか」

門番足軽が小林平八郎の身形《みなり》を確認して、ていねいに応対した。

「拙者、高家吉良左近衛少将が家中、小林平八郎と申しまする」

「ご高家吉良さまの」

小林平八郎の名乗りに、門番が驚いた。

「本日はどのようなご用件でございましょう」

門番も吉良家の嫡男と三姫の縁談は知っている。

「上野介よりこちらの三姫さまへの書状をお届けに参りましてございまする」

「……上野介さまのお手紙。しばし、お待ちを」

門番があわてて門内に消えた。

「大きいの」

大門外で屋敷を見上げた小林平八郎が感嘆した。

大名や旗本の屋敷は、概《おおむ》ね石高で規模が決まる。なかには五千石ながら十万石格を与えられている喜連川《きつれがわ》家のように、石高をこえる規模の屋敷を持っている場合もあるが、これは特例であった。

「百二十万石の矜持《きょうじ》か」

小林平八郎が嘆息した。

関《せきが》ヶ原《はら》で三十万石へと減らされた米沢上杉家だったが、その矜持は揺るがなかった。

「徳川に堂々と敵対した」

　それどころか、逆に誇った。

　九十万石を奪われたというに、米沢上杉家は金を気にせず江戸屋敷を百二十万石の格で造った。

　とはいえ上杉は武を貴ぶ家柄である。屋敷は大きくとも金銀や朱漆《しゅうるし》などはほとんど使わず、質実剛健を旨としていた。

　それがかえって威圧感を大きく増していた。

「お待たせをいたしましてございまする」

　門番が戻ってきて、小林平八郎に一礼した。

「ただいま門を開けますゆえ」

　三郎の手紙を預かってきた。これは吉良家の正式な使者になる。米沢上杉家と吉良家ではどちらが格上かとなれば、いろいろ面倒になるが、格下ではない。少なくとも同格として扱わなければならなかった。

「開門」

門番の声に合わせて、大門が開いた。

「どうぞ、なかで用人がお待ちいたしております る」

「…………」

こう扱われると、軽々に頭をさげるわけにもいかなくなる。

小林平八郎は門番に目礼して、門を通った。

「吉良家のお方でございましょうか」

表御殿の玄関式台に用人が座って待っていた。

「さようでござる。吉良家の小林平八郎でござる」

「当家用人、佐波《さわ》元一郎《げんいちろう》めにございまする」

大藩の用人でも陪臣である。小林平八郎も同じ陪臣だが、外様大名の家臣と旗本の家臣では、わずかながら差があった。

「どうぞ」

「いや。手紙をお渡しするだけであれば、ここにて」

客座敷へ案内しようとした佐波元一郎に、小林平八郎が首を横に振った。

「では、そのように」

佐波元一郎がうなずいた。

した。

「上野介より、三姫さまへの書状でございまする」

小林平八郎が手にしていた吉良家の紋が入った文箱《ふばこ》を開けて、なかから手紙を出した。

「たしかにお預かりいたしまする」

小林平八郎の手から佐波元一郎の手に書状が渡された。

「ご返事は」

すぐに返答が要るかどうかを佐波元一郎が尋ねた。

「いえ」

小林平八郎がゆっくりでかまわないという三郎の意向を短い応えのなかに含めた。

「では、これにて」

用件がすめば、長居をするべきではない。

手紙を渡したことで使者としての役目も終えた。小林平八郎は吉良の家中として一礼し、米沢藩上杉家の屋敷を後にした。

「なかなかよくできた御仁である」

佐波元一郎が小林平八郎を評した。

「御家中にあれだけの人物がいる。これは期待できるやも知れぬ」

手紙を届けるために、佐波元一郎が表御殿の奥へと向かった。

江戸城は表と奥とが厳密に分かれている。これは大奥に入れる男を将軍だけと限定することで、その血筋への疑義をなくすためであった。

そして上に倣うのが下の処世術。大名家も表と奥の区別を厳しくしだした。

とはいえ、奥が男子禁制というわけではなく、用のないのに出入りをするなどというていどでしかなかった。

「三姫さまにお目通りを」

奥と表を仕切る杉戸で、佐波元一郎が用件を伝えた。

「……お許しが出ましてございまする」

杉戸が奥へと引っ張られるようにして開いた。

「御免」

佐波元一郎が足を踏み出した。

長姉、次娘、三姉と嫁いで、人が減ったことで、三姫にも中屋敷だけでなく上屋敷で局《つぼね》が与えられていた。

「姫さまにおかれましては……」

「型どおりの挨拶《あいさつ》は無用にせよ」

下座敷で手を失いた佐波元一郎へ三姫が手にしている扇子を振った。

「で、何用か」

「吉良上野介さまより、姫さまへお手紙でございまする」

問うた三姫に佐波元一郎が告げた。

「上野介さまよりの手紙か……伏《ふせ》、手紙を」

「はい」

三姫付の侍女がするすると内掛けを畳に摺《す》りながら、佐波元一郎のもとまで移動した。

「これでござる」

佐波元一郎が手紙を伏に渡した。

「……たしかに」

手紙を検《あらた》めた伏が、三姫のもとへと運んだ。

「大儀であった」

三郎からの手紙を受け取った三姫が、佐波元一郎にさがるようにと述べた。

「失礼をいたしまする」

佐波元一郎が頭《こうべ》を垂れて、去っていった。

「どれ」

三姫が手紙を開いた。

「…………」

男から女への手紙である。さほど長いわけではなかった。

すぐに三姫は読み終わった。

「姫さま……」

伏が内容を聞きたいと三姫を見あげた。

「たいしたことは書いておらぬ。婚姻がなったことを喜んでいるとだけじゃ。つまらぬ」

三姫が手紙を伏に渡した。

「拝見仕《つかまつ》りまする」

伏が手紙に目を落とした。

「見事な手蹟《しゅせき》でございまする」

まず三郎の字が美しいと伏が褒めた。

「果たして本人が書いたものか」

ちょっとした大名や旗本の家には、筆で仕える右筆がいる。それらに文章を書かせた後、署名と花押だけを入れるのが当たり前になっている。

「筆遣いが同じように見受けられまする」

さすがに上杉家の奥で姫さま付をするだけのことはある。伏はしっかりと見ていた。

「字が美しくとも中身が通り一遍ではの」

三姫が別の文句を付けた。

「最初の挨拶としては、十分かと」

伏が首を左右に振った。

「そういうものか」

「はい」

首肯しながら、伏が座敷の隅で控えている女中に目で合図を送った。

「…………」

無言で承知した女中が、墨を摺《す》り始めた。

「返事を書けと」

「さようでございまする」

嫌そうな顔をした三姫に伏が笑顔でうなずいた。

「そなたが代筆を……」

「姫さま」

言いかけた三姫が伏に睨まれた。

「礼を尽くせぬようならば、さっさと婚儀を受け入れなさいませ。後は男子を産むまでのご辛抱。その後は戻られるなり、上野介さまを遠ざけられるなり、お好きになさればよろしゅうございまする。己はなにもせず、ただ安穏と日々を過ごすことをお望みならば、病を言い立てられて婚姻をなきものとされればよろしゅうございまする」

「よいのか」

三姫が身を乗り出した。

「ただし、仏門へお入りいただきまする。病を口上といたしましたかぎり、姫さまが自在にお過ごしいただくことはかないませぬ。でなければ上杉家が吉良さまを謀ったことになりますゆえ」

「寺は嫌じゃ」

冷たく告げる伏に三姫が首を横に振った。

「ご安心を。わたくしめもお供いたしまする」

一人ではないと伏が言った。

「上野介さまが礼を尽くされておられまする。それに応じないのは傲慢《ごうまん》」

「たかが手紙一通ではないか」

三姫が言い返した。

「お気づきではない……」

伏が唖然とした。

「なににじゃ」

愕然とする伏に三姫が驚いた。

「紙を聞かれませ」

「……紙を」

促された三姫が、手紙の匂いを嗅《か》いだ。

「これは……」

「ようやくお気づきでございますか」

驚いた三姫に伏が嘆息した。

「紙か……いや、墨じゃ」

三姫が鼻を近づけて確認した。

「この香りは……」

わからないのか、三姫が伏を見た。

「最初に酸い、やがて辛く、苦みが残る。新伽羅《しんきやら》の初瀬《はつせ》かと」

「初瀬……それは、紀貫之《きのつらゆき》じゃな」

香道より歌道に明るい三姫が気付いた。

「人はいさ　心も知らず　ふるさとは　花ぞ昔の　香ににほひける」

三姫が百人一首をそらんじた。

「この詞書《ことばが》きが初瀬」

「おそらく」

伏が首を縦に振った。

「心も知らずとは、憎いことを」

三姫の目に感情が浮いた。

「書くぞ」

童のころから仕えてくれている侍女には、三姫も頭があがらなかった。なにより
三郎の表に出ない手紙の意味に小憎らしさを覚えた。

「……これでよいな」

三姫が手紙を伏に見せた。

「よろしゅうございまする」

伏が及第だと認めた。

「さて、初瀬の仕返しじゃが……」

なにか手紙にしくんでやろうと三姫が思案を始めた。

「百人一首がよかろう。初瀬に気付いたとの意味にもなるしなあ」

楽しそうに三姫が表情を緩めた。

「桜色の色紙はあるか」

「お持ちなさい」

三姫の問いを受けて、伏が女中に命じた。

「誰のお歌でございましょう。桜となればいくつかあったと存じますが」

「入道前太政大臣《にゅうどうさきのだいじょうだいじん》をの」

「藤原公経卿《ふじわらのきんつねきょう》でございますか。となれば……」

「花さそふ　嵐の庭の　雪ならで　ふりゆくものは　我が身なりけり」

思い出そうとした伏へかぶせるように三姫が諳《そら》んじた。

「ようやく咲いた桜を嵐のように散らさずとも、静かに老いていくのだから」

三姫が歌の意味を口にした。

「少し最後が違うようでございますが。本来は雪のように降ると吾が身が古《ふ》るをかけたものとなるはずでございますが」

「その辺りは悟るだろう」

首をかしげた伏に三姫が笑った。

「ようは妾《わらわ》に手出しをするなと言うている」

「縁談相手になにを……」

伏が頭を抱えた。

「これくらい笑い飛ばせる男でなければ、おもしろうないであろう」

三姫が楽しそうに言った。

毛利《もうり》長門守《ながとのかみ》綱広《つなひろ》は、上屋敷で酒を呷《あお》っていた。

「殿、そろそろご登城をいただきたく」

用人が毛利綱広に願った。

「余は病である」

毛利綱広が嫌そうな顔をした。

「病と仰せられるならば、お酒をお控えいただきたく」

「気《き》鬱《うつ》の病じゃ。酒こそ薬」

諫言《かんげん》した用人にわざとらしく毛利綱広が盃《さかずき》を掲げた。

「では、お出歩きをお控えくださいますよう」

病療養と言い立てて月次登城を避けている毛利綱広は、野駆けと称して馬に乗って品川《しながわ》、高輪《たかなわ》の辺りに出かけていた。

「たまのことではないか」

毛利綱広が反発した。

「近隣の目もございまする」

「ふん」

用人の注意を毛利綱広が鼻で笑った。

「余にもの申せる者などおらぬわ」

毛利綱広が嘯《うそぶ》いた。

長州藩毛利家二代藩主毛利大膳大夫《だいぜんだいふ》綱広は、徳川幕府においても格別な扱いをされていた。まず、母親が家康の孫娘、高祖父が戦国の梟雄《きょうゆう》毛利元就《もとなり》、そして正室が越前松平忠昌《えちぜんまつだいらただまさ》の娘と徳川との縁も深い。そのせいか、徳川幕府も毛利綱広の態度になにも言わなかった。

「いつまでも御上が見過ごしてくださるとはかぎりませぬ」

用人が諫言した。

「大事ない」

毛利綱広が手を振った。

「……………」

取り付く島もない毛利綱広に、用人が嘆息した。

「下がれ」

「あまりお過ごしになられませぬよう。お身体に障りまする」

命じられた用人が御前を下がった。

「周防《すおう》どの、いかがでございました」

御座の間を出た用人に数人の藩士が近づいてきた。

「お聞きくださらぬ」

周防と呼ばれた用人が、力なく首を左右に振った。

「駄目か」

ため息を吐いた藩士に、周防が頭《こうべ》を垂れた。

「すまぬ。力及ばず」

「このまま無事にはいくまい」

「御上がいつまでも見過ごしてくださるとは思えぬ」

藩士たちが顔を見合わせた。

「しかし、殿は神君家康公の玄孫《やしやご》にあたられる。御上もご配慮くださるのではないか」

「徳川を信じられるのか、武島《たけしま》」

なんとかなるだろうと気弱な発言をした藩士を、別の藩士が睨みつけた。

毛利には徳川への不信が強く根付いていた。

「本領安堵《あんど》」

関ヶ原の合戦で豊臣秀頼《とよとみひでより》方の総大将となった毛利輝元《てるもと》は、従兄弟《いとこ》の吉川広家《きっかわひろいえ》の強い勧めに応じて、戦いに参加することなく傍観した。

その結果、豊臣秀頼方は負け、徳川家康が天下人となった。

「総大将となった責任は取ってもらう」

戦後、大坂城を退去して本領へ帰った毛利家を徳川家康は改易した。

「本領安堵のはず、約束が違う」

抗議してももう遅かった。毛利だけで徳川に対抗することはできない。かといってともに戦ってくれる豊臣恩顧の大名たちのほとんどは関ヶ原で負けて家を潰されてしまっている。毛利家は自分で自分の首を絞めたのだ。

「吾が功績に代えて」

吉川広家が毛利家を動かさなかった功績で与えられた長府《ちょうふ》三十万石を本家に差し出して、かろうじて生き残れたが、百八十万石ともいわれた毛利家は落ちぶれた。

「信じられぬ」

周防も同意した。

「このままではいつ潰されてもおかしくはない」

徳川家は冷酷である。将軍家に逆らえば一門といえども許さない。毛利綱広の正室の実家、越前松平家も忠昌の態度が悪いとして一度潰されている。

毛利綱広だけが特別扱いされるとは、とても思えなかった。

「やはり、お退きいただくしかないか」

「うむ」

「だが、いきなりは無理であるぞ」

家臣が当主を隠居させようとするのは、押しこめ隠居として幕府の厳しい目にさらされる。

「少なくとも藩内の意思は統一しておかねばならぬ」

「お世継ぎさまのご了承も要る」

毛利綱広と正室の間に嫡男がいる。毛利綱広の息子だが、徳川の血を引いているだけに跡継ぎとして変更することはできなかった。

「やるしかないな」

「余裕はないぞ」

周防が一同の顔を見た。

「うむ」

一同がうなずき合った。

第五章　男女の駈け引き

一

三姫《さんひめ》からの返事を受け取った三郎《さぶろう》は、その内容に苦笑していた。

「若さま……どのような」

小林平八郎《こばやしへいはちろう》が気にした。

「ほれ」

苦笑したまま三郎は手紙を渡した。

「…………」

読んだ小林平八郎が困った顔をした。

「わけがわからんか」

「恥ずかしながら」

いくら高家《こうけ》とはいえ、家臣にまで雅《みやび》の心得があるとは限らなかった。

「詳しく言うほどのものではない。簡単に言うと、わたしに手を出すなと」

「なっ」

嚙《か》み砕きすぎた三郎に、小林平八郎が啞然《あぜん》とした。

「一筋縄ではいかんな、この姫は」

「あまりに無礼ではございませぬか」

「たしかに婚姻する相手に送るものではないな」

三郎が嘆息した。

「厳重な抗議をいたさねばなりませぬ」

「それはできぬ」

怒る小林平八郎に三郎が首を横に振った。

「なぜでございますか」

将来の主君を馬鹿にされた小林平八郎の怒りは収まらなかった。

「無礼と咎《とが》めたところで、どこがとなるだろう。手紙の最後に百人一首が書かれていただけだ。内容を理解してませんでした、ただ好きな歌なのでと返されてみろ、それ以上の追及はできぬぞ」

「ぐう」

「それに意図に気づいたから怒ったとあれば、女の戯《ざ》れ言を本気にするとは狭量なと、ぎゃくに笑われるわ」

うなった小林平八郎に三郎が付け加えた。

「といったところで、気分が悪いのは確かである」

三郎が表情を引き締めた。

「では、どのように」

「呼び出して謎解きをさせてくれよう。気づかず、待ち合わせ場所に来られなかったら、それを当てこすってやればいい。お返事の様子から、これくらいはおわかりいただけると思っておりました。いや、ご無礼をと皮肉ってくれる」

「来られたときは……」

「それだけ賢いならば、楽しめようよ」

万一のときのことを尋ねた小林平八郎に三郎が唇をゆがめた。

「思い知らせてやる」

しっかり三郎も怒っていた。

江戸《えど》に吉良《きら》氏とかかわりのある寺は二つあった。

一つは江戸における菩提寺《ぼだいじ》である市ヶ谷《いちがや》の萬昌院《ばんしょういん》である。今川義元《いまがわよしもと》の三男で僧籍に入った一月長得《いちげっちょうとく》が開基したもので、代々今川家の菩提寺でもあった。今川は吉良の一族であることから、旗本となった吉良家も萬昌院に墓を預けるようになった。

もう一つは世田谷《せたがや》にある勝国寺《しょうこくじ》である。

勝国寺は吉良家が二つに分かれた鎌倉《かまくら》のころ、東条《とうじょう》吉良氏が奥州管領《おうしゅうかんれい》として東下、そののち居城を失い、武蔵国《むさしのくに》世田谷へ居を移したときに創建した。

西条《さいじょう》吉良氏の末裔《まつえい》になる高家吉良家とは遠縁過ぎるとはいえ、同族の創建した寺である。しかも東条吉良氏は戦国の荒波に呑《の》まれて、西条吉良氏に吸収され、勝国寺は大きな檀家を失った。

経済的基盤を失った勝国寺は、西条吉良氏が高家となって江戸へ来たときに、由縁をもって庇護《ひご》を求め、そのまま祈願寺となった。

「勝国寺ならば融通が利く」

三郎から三姫を呼び出すにはとの相談を受けた吉良義冬《よしふゆ》が提案した。

「目金《めきん》不動尊でございますな。ちょうどよい」

三郎が手を打った。

勝国寺は当初丸香山薬師院と呼ばれており、薬師如来を本尊としていた。それが勝国寺と名前を変え、同じ真言宗《しんごんしゅう》の寺院で廃寺となった多聞寺《たもんじ》、仙蔵院の本尊であった不動明王像を預かったことから、これを本尊として祀《まつ》っていた。

その不動明王像の目が金色に塗られていたことから、目金不動とも呼ばれていた。

「目黒《めぐろ》不動、目白《めじろ》不動と並んで三不動《さんふどう》と呼ばれておる名のある寺じゃ。ここならば十分に参籠《さんろう》するにふさわしいだろう」

「はい」

三郎も同意した。

目黒と目白の不動は三代将軍家光《いえみつ》が、天下泰平を祈願するために創設させた。どちらも鷹狩り好きの家光が猟場として好んだ場所であり、天下泰平というより殺生をしたことへの贖罪《しょくざい》だと言われている。

そこに勝国寺の不動明王を加えて、三不動と江戸《えど》の皆は呼んでいた。

「話は儂《わし》から住職へ通しておく」

「お願いをいたしまする」

吉良義冬の気遣いに三郎は感謝した。

「十日ほど後でよかろう」

相手は大名家の姫である。呼び出しに応じるにしても相応の準備がいる。明日や明後日《あさって》の呼び出しは非礼であった。

「では、そのように誘いの手紙を書きましょう」

父の口にした日程でいいと三郎がうなずいた。

立花主膳正《たちばなしゅぜんのかみ》の命によって箱根《はこね》の関所まで、郷原一造《ごうはらいちぞう》のことを探しにいっていた家臣たちが戻ってきた。

「いかがであった」

酒井雅楽頭《さかいうたのかみ》から押さえつけられ、表だっての動きができなくなった立花主膳正は、最後の望みとばかりに問うた。

「知らぬ存ぜぬで、相手にもされませず」

家臣が申しわけなさそうに身を縮めた。

「関所番頭には会えたのか」

「お目にかかれましたが、交代されたばかりとかで」

主君の問いに家臣が首を横に振った。

「引き継ぎは」

「なにも聞いておらぬと」

「関所を通過した者の帳面は見たのだろうな」

「それが……ならぬと」

「目付の指示だと言ったのだろう」

「信用できぬと。どうしてもというならば、書面をと求められましてございまする」

「それは出せぬ」

書面は証拠になる。とても出せたものではなかった。

「金を……いや、かえってよくないな」

目付は清廉潔白でなければならない。賄賂を受け取るのは当然、出すわけにもいかなかった。

「前任者には会ったか」

「あいにく、先日大坂《おおさか》蔵屋敷への異動を命じられたとかで、すでに小田原《おだわら》にもおられませず……」

前任の関所番頭小角清左衛門《こかどせいざえもん》との話もできなかったと家臣が首を横に振った。

「吉良め……」

ここまで来るとすべてが仕組まれていたことだと、立花主膳正も気づく。

「日光《にっこう》参拝はやはり偽り……」

立花主膳正が歯がみをした。

「この後はいかがいたしましょうや。大坂まで行って参りましょうか」

家臣が対応を問うた。

「不要じゃ。大坂まで参ったところで、前任の関所番頭には会えまい」

「………」

「わからぬか」

怪訝《けげん》そうな顔をした家臣に立花主膳正が嘆息した。

「小田原藩ぞ、大坂蔵屋敷があるだけ不思議じゃ」

「あっ」

そこで家臣が気づいた。

「目付の家中にそう言った以上、大坂蔵屋敷はあるのだろうが、小田原藩稲葉《いなば》家の米は江戸で売り買いされておろう。大坂で扱うほうが金にはなるのだろうが。わざわざ廻米《かいまい》の手間を掛けるほどの差にはなるまい」

立花主膳正が首を横に振った。

大坂に米市場ができた。天下の富商淀屋《よどや》が設立したもので、現物なしで米の売り買いができるようになった。

「今年は豊作だろう」

そう思えば、秋には米の値段が下がる。在庫を抱えているならば、今のうちに売ってしまう。あるいはそれを見越して、出入りしている大名家の年貢米を形《かた》に金を借りる。これで大量の現金を確保し、秋に米の値段が下がったとしても儲《もう》けは確保できる。

「春の雪解けが遅い。これは冷害が出る」

そう読めば、今のうちに米を買いこむ、あるいは秋の米を今のうちに契約しておく。実際、不作になれば買いこんだ米を高値で売り抜け、春の値段で契約した米も言い値で売れる。

どちらも予想が当たれば、大儲けできた。

当然、大坂の米市場は活気づく。さすがに一大消費地である江戸に近い大名や上方《かみがた》から遠い奥州の大名などは大坂へ手を出さないが、それ以外の大名は年貢米を大坂へ運んで現金にするようになる。となれば、それを仕切り、商人と遣《や》り取《と》りをする人員を手配しなければならない。

稲葉家の所領はそのほとんどが相模《さがみ》にある。一部本貫地である美濃《みの》にもあるが、これは先祖の墓を維持するていどでしかなく、わざわざ大坂まで米を持っていく利はなかった。

「では、これで終わりと」

家臣の声に安堵《あんど》が混じった。

旅は辛《つら》い。馬や駕籠《かご》が使えても移動は時間と手間がかかる。宿もそうである。贅《ぜい》沢《たく》な旅籠《はたご》を利用できるならば、毎日風呂に入れるだろうし、食事も地のもので楽しめるし、洗濯などもしてもらえる。

だが、それには金がかかる。

旗本の家臣の禄《ろく》は少ない。それも千石くらいだと用人で三十石から五十石あればいいほうで、年間の収入は二十両にも届かないのだ。

もちろん、公用旅となれば費用は主家が出してくれるが、そのようなものではとても足りない。

道中はずっと徒《かち》で、宿は旅籠には違いないが風呂も小さく飯はまずい。時々は、己で下帯や襦袢《じゅばん》を洗濯しなければならないといった辛いものになる。

かろうじて景色を楽しめるだけ。

そんな旅をわざわざしたいとは思わないのは当たり前であった。

「吉良家のことはもうよい」

立花主膳正が悔しそうな顔をした。

「もうよいとの仰せで……」

家臣が首をかしげた。

「失点を取り戻さねばならぬ」

強い目で立花主膳正が言った。

目付はよほどのことがないかぎり解任されなかった。簡単に目付を解任していては、公明正大という看板がただの飾りになってしまうからである。

だからか一度目付になってしまえば、有能でないかぎり隠居するまでそのまま居続ける者が出た。

「このままでは終わらぬ」

「……………」

興奮する主君に、家臣が無言で頭《こうべ》を垂れた。ものごとがうまくいっていないときに、要らぬ一言を発すると痛い目に遭う。嵐がいきすぎるまで身を縮めてやりすごすというのは正しい処世術である。

「今度は、もっと大物ぞ」

失策を取り返すにはこつこつ小さな成功を重ねていくというのが、もっとも近道であるが、ほとんどの者は一気に形勢を変えようとする。

「大物……」

思わず、家臣が口を開いた。

「うむ」

立花主膳正がうなずいて、声を低めた。

「毛利《もうり》長門守《ながとのかみ》じゃ」

次の獲物を立花主膳正が口にした。

二

父吉良義冬の許可を得た三郎は、吉日を選んで三姫に誘いの手紙を出した。

「……今度は謎解きかえ」

読んだ三姫が楽しげに笑った。

「姫さま……」

「見てよいぞ」

興味を示した伏《ふせ》に三姫が三郎からの手紙を手渡した。

「拝見仕《つかまつ》りまする」

伏が手紙を熱心に見た。

「……これは姫さまにお会いしたいとの」

「だの」

用件について確認した伏に三姫が首肯した。

「まだ婚儀もすんでおりませぬのに、姫さまを呼び出すなど……」

常識から外れたことに伏が目を剝《む》いた。

「おもしろいではないか。妻として迎える女の顔を見たいというのは、当たり前であろう。妾《わらわ》も将来婿となるかも知れぬ男がどのようなものかは知りたいと思うぞ」

「なにを仰せられまするか」

とんでもないことだと伏が三姫を諫《いさ》めた。

「そうか。まあ、おとなしく嫁ぐつもりはないが、妾も上杉《うえすぎ》の家に生まれた者として、兄から命じられれば、意に染もうが染むまいが輿入《こしい》れする覚悟はある。もっとも妻となっても閨《ねや》へ招くとは限らぬがの」

三姫が大名の娘としての義務を放棄すると言い出した。

「あああ」

伏が悲嘆の声をあげた。

「別によいではないか。夫が他の女に産ませた子を吾《わ》が子として養うほどの器量はあるぞ」

これも高貴な女性の役目であった。

かつて織田信長《おだのぶなが》の正室《せいしつ》だった斎藤道三《さいとうどうさん》の娘鷺山殿《さぎやまどの》は、側室《そくしつ》生駒《いこま》の方《かた》の産んだ長子信忠《のぶただ》を養子としている。ただし、それ以降の息子も娘も鷺山殿は養子にしていない。こうすることで、信忠こそ織田信長の跡継ぎであると周囲に示したのだ。残念なことに信忠は、織田信長とともに本能寺《ほんのうじ》の変に巻きこまれて討ち死してしまったが、無事に生きていれば、織田家の継承はもちろん、天下人の跡取りとなったはずであった。

それと同じことを三姫はおこなえばいいと述べた。

「今さら、この婚姻は避けられない」

三姫が深刻な顔をした。

当初、大名でさえない高家への輿入れを拒んでいたが、その経緯を知るにつれて三姫は受け入れるしかないと思いだしていた。

なにせ、相手は高家、江戸城での礼儀礼法を握るのだ。その高家に敵対すれば、兄で当主である上杉綱勝《つなかつ》が困る。礼儀礼法は三千あるといわれるほど細かい。そのすべてを知って運用できるのはそれを家業としている高家だけ、とても武辺者《ぶへんもの》を自負する米沢《よねざわ》上杉家では対応できない。

「公方《くぼう》さまに対し奉り、無礼である」

なんのことか分からぬ間に咎められる可能性は高い。

「五万石を収公する」

また幕府はそれを利用する。

慶安《けいあん》の変があって以来、幕府は牢人《ろうにん》の増加に神経を尖《とが》らせている。牢人は幕府への恨み辛みの塊でもある。

「主家を潰《つぶ》された」

禄を失った者には未来がなくなる。

「一矢報いてくれる」

土地に執着、禄に頼っている武士が、すべてを奪われて黙っていることはない。

ただ、勝てないとわかっているからおとなしいだけ。

ただ、それにも枷《かせ》を嵌《は》めることはできた。

主家の存続である。

牢人したとはいえ、仕えてきた家への愛着はある。

「時機を見て呼び返す」

「領地が前に戻されれば、きっと迎えを出す」

どこの家でも藩士を放逐するときはこういった一言を付け加え、やけにならないように誘導する。

実際に減らされた禄がもとに戻されることはまずないし、時機がどうなろうとも再仕官させることはない。

禄が減らされたからというのが公的な理由ではあるが、その裏は藩にとって、主家にとって、重臣にとって都合の悪い者を捨てられるからであった。

つまり減封だけならば、慶安の変の二の舞は演じずにすむ。となれば、幕府が米沢上杉家に遠慮する理由はなくなる。

「御上《おかみ》のこともあるけれど、仲立ちが保科《ほしな》肥後守《ひごのかみ》さまというのも大きい。お断りすれば、肥後守さまの面目を潰すことになる」

三姫が嘆息した。

会津《あいづ》と米沢は隣り合っている。奥州の出入り口でもある白河《しらかわ》と同様、会津は要地であった。会津は奥州の外様《とざま》大名を江戸へ向かわせないための要石の位置にある。

そして、江戸へ攻めかかった奥州勢の背後を襲える位置でもある。

会津を敵にすれば米沢上杉家は大いに困ることになる。

「何者じゃ」

「なかを検《あらた》める」

米沢と会津の国境に関所を作られでもしたら、上杉家は流通のほとんどを失う。山形を通じて越後《えちご》へ出ることもできるが、保科家ともめた米沢上杉家の手助けをしてくれる大名はいない。

少し考えれば、いや、考えなくとも三姫はこの縁談を拒めなかった。

「それと夫婦仲がいいか悪いかは別じゃ」

三姫はせめてもの抵抗として、本当の妻ではなく、形だけの正室であろうとしていた。

「ですが、そのことを上野介《こうずけのすけ》さまがお訴えになられれば……」

「誰に訴えるのだ。妻が閨を拒みますなど、男として恥ずかしくて他人に言えるはずもなかろう」

伏の危惧《きぐ》を三姫が一笑した。

「姫さまは、それでよろしいのでしょうか」

「産むだけの道具になんぞ、なりとうもないわ」

問うた伏に三姫が吐き捨てた。

「……ふうう」

そこまで言った三姫が大きくため息を吐いた。

「じゃが、吉良との縁談を嫌う者がこれほどおるとは思わなんだわ」

「…………」

少し責めるような目で伏が三姫を見た。

「悪かった」

気づいた三姫が伏に詫《わ》びた。

「つい姉たちに比べて、扱いが軽いと愚痴を漏らしてしもうた」

上杉綱勝から縁談を聞かされたとき、大名家へ嫁いだ姉達と比べてしまって苦情を口にした。それを女中の誰かに聞かれた。

「姫さまも嫌がっておられる」

格下と思いこんでいる旗本との婚姻を不足と感じていた藩士たちに、大義とまでは言えないが名分を与えてしまったことはまちがいなかった。それどころか、徳川幕府への不満を表に出させてしまったに等しい。

「妾の失敗じゃ。失敗は償わねばならぬ。この身が家に徒《あだ》なすなどあってはならぬ。だからといって、おとなしく人形をする気にはならぬ」

「上野介さまにぶつけられるのは、いささか」

伏がお門違いだろうと、三姫を諭した。

「わかっておるわ。じゃが、他にあたる相手がない。まさか、縁談を持ってこられた肥後守さま、引き受けた兄君にぶつけることはできぬ」

「怖ろしいことをお口になさいませぬよう」

顔色を変えた伏が三姫を諫めた。

「ゆえに上野介さまに、鬱憤《うっぷん》をむけさせてもらう」

三姫が悔しげな顔をした。

上野介のいなくなった京は、ふたたび混沌《こんとん》の様相を呈し始めた。

「皇統は直系たるべし」

後西《ごさい》天皇の皇子を皇太子とすべきであるという意見が、朝廷で再燃し始めた。

「阿呆《あほう》しかおらんのか」

近衛中納言基熙《このえちゅうなごんもとひろ》があきれた。

しかし、現実として現在の天皇は後西天皇であり、いかに実権は譲位した後水尾《ごみずのお》上皇が握っているといえども、そこに問題はあった。

「院政はいかがなものか」

公家《くげ》のなかには一定数、上皇支配への忌避がある。

かつて天皇位を譲っておきながら、そのまま国政を差配し続けた上皇が多くいた。後白河《ごしらかわ》上皇、後鳥羽《ごとば》上皇など、天皇と対立して内乱状態を引き起こした者もいる。

その手痛い思いが、朝廷には根強く残っていた。

「病のために譲位せざるを得なかった」

そして後水尾上皇にも言いぶんはあった。

後水尾天皇は背中に癰《よう》を患った。湿布や投薬など、できるかぎりの手を尽くしたが、残念ながら癰は悪化の一途をたどった。

「このうえは、鍼《はり》を使うしかございませぬ」

医師の言葉に朝廷は騒然となった。

鍼はほとんど目に見えないほど細いとはいえ、身体に傷を付ける。天皇の身体は玉体《ぎょくたい》と呼ばれるように、完全無欠でなければならない。

「主上《しゅじょう》のお身体に鍼はならぬ」

古めかしい考えが、治療の前に立ちはだかった。

「お命にかかわりまする」

医師の説得により、後水尾天皇は譲位して、上皇となることを選んだ。

天皇以外は、元天皇であろうが皇太子であろうが、神ではなく人になる。人の身体ならば、治療のための傷は許される。

「やむを得ぬ」

こうして後水尾上皇は天皇位を娘の明正《めいしょう》天皇に譲った。

この無念が後水尾上皇をして、実権を譲らせなかった。

もちろん跡を継いだ明正天皇が女帝で徳川秀忠《ひでただ》の孫にあたるということもあり、幕府の介入を防ぐという意味合いもあった。

結果、幕府による皇統簒奪《さんだつ》や朝廷を支配するといった野望を防ぐことはできた。

「上皇さまのお力じゃ」

幕府によって権力も禄も押さえられている公家たちが、後水尾上皇を讃《たた》えたのも悪かった。

「頼りない」

幕府の紐《ひも》付きであった明正天皇を早々と退位させ、続いて異母弟後光明《ごこうみょう》天皇が即位したが、丁々発止と幕府を相手にしてきた後水尾上皇に比べるとどうしても経験不足は否めない。

「上皇さまに」

なにかあれば後水尾上皇を頼る者が出てくる。

「任せればよい」

それを素直に受け止められる場合はよかった。面倒ごとをこなしてもらえるのだ。それこそ御簾《みす》の後でふんぞり返っているだけで朝議は動く。

「朕《ちん》こそ天皇である」

それに我慢できない場合は辛い。

後西天皇はこちらであった。

もともと天皇になる予定ではなかった後西天皇は、兄後光明天皇の早世で即位することになった。

「加冠《かかん》の儀が終われば、譲位せよ」

それも条件付きであった。

実子がなく、病に倒れた後光明天皇は歳の離れた末の弟を養子とした。

「即位なさるにはあまりに歳若」

問題はその末の弟である識仁《さとひと》親王がわずかに二歳だったことであった。

「成人なさるまでの間、一時預ける」

こうして天皇の座が後西天皇に回った。

「間つなぎ……」

つまり最初から扱いが悪かったのだ。

「よしといたすか」

貧乏宮家として生涯を過ごすより、十年と少しとはいえ百官に傅《かしず》かれた生活の方がいいと思えるようであれば、それなりに幸せであったろうが、

「同じ父の子でありながら……」

あきらめていた皇統が手に入ったことで、後西天皇に野望が目覚めた。

「天皇が日嗣《ひつぎ》の御子《みこ》を決められるならば、朕がしてもよかろう」

後光明天皇が識仁親王を指名したことを前例とした。

「まことに仰せの通りでございまする」

これに公家の一部が迎合した。

天皇は飾りであっても、朝廷を統括している。

「よく働く」

天皇に気に入られれば、出世の目はある。

「准三后《じゆさんごう》に」

皇族と同じ扱いを受けるところまでは無理でも、家の格をあげることはできるかも知れない。

禄は少なく、金もなく、実権もない。

まさにないないない尽くしの公家にとって、唯一の誇りが官位、官職、家格といった名誉であった。

摂関家、大臣家、清華《せいが》家などといった家格、内々、外様といった区別は大きなものであった。

「その方」

一つ違っただけで、扱いは天と地になる。

「なんとかして」

矜持《きようじ》の固まりでもある公家は、その扱いに耐えられず、上を目指そうとするが、そうそう簡単に家格はあがらない。

家格をあげるには、まず官位を、そしていい官職を手にしなければ始まらないからである。

実権なんぞなにもない大臣だの越前守《えちぜんのかみ》だのと言っても、どれほどのものでもないが、これこそ公家のありようであった。

「そちに任せる」

朝廷の人事は基本五《ご》摂家《せっけ》と大臣辺りが左右するが、当然天皇の一声は大きい。

「主上……」

そういった野望を持つ公家にとって、不満を持っている天皇は都合がいい。さらに力を持っているとはいえ、後水尾上皇もかなり年齢を重ねている。今、朝廷を牛耳り、後光明天皇の遺言を為《な》そうとしている後水尾上皇になにかあれば、事態は急変する。

「識仁親王を門跡《もんぜき》に」

勅命だとして識仁親王を仏門にいれることもできる。

そうなれば、後西天皇の思うがままになる。

「顔を見たくない」

後水尾上皇に近かった公家を排し、すり寄ってきた者を登用するなど容易である。さすがに五摂家をどうこうすることはできないが、関白、太政大臣《だいじょうだいじん》を他から出すことはできる。

関白も太政大臣も五摂家だけが就けると思われがちだが、例外があった。豊臣秀吉《とよとみひでよし》である。

織田信長の後を受けて天下人となった豊臣秀吉は、五摂家の内紛に付けこんだ形であったとはいえ、関白と太政大臣に就任している。

朝廷も幕府も前例、慣習に弱い。

一度でも例外を認めれば、それは例外ではなくなる。

「五摂家を六摂家に」

そう考える者が出てもおかしくはない。

「主上のお血筋こそ、正統」

後西天皇の耳にささやきかける者は少なくなかった。

言うまでもなく、三郎と近衛基熙によって、弾正尹《だんじょうのいん》、頭中将《とうのちゅうじょう》、勾当内侍《こうとうのないし》など主立った者は排除された。

だが、その空いた席に座る者はなくならない。

「はあ」

近衛基熙が嘆息するのも当然であった。

「もう一度、京へとは言えぬな」

愚か者たちの蠢動《しゅんどう》に、疲れ始めた近衛基熙が三郎の顔を思いだした。

三

秋の気配が濃くなり始めた八月、三郎は小林平八郎を伴って、世田谷の目金不動尊こと勝国寺へと足を運んでいた。

「お出《い》でになりましょうか」

本堂で接待の茶を喫し終わったところで、小林平八郎が尋ねた。

「来るだろう。一度の遣り取りだが、まずまちがいなく三姫は負けず嫌いだ」

三郎が断言した。

「はあ」

小林平八郎が中途半端な相づちを打った。

「……そろそろ刻限か」

三郎は手紙のなかに丑《うし》の文字を紛れこませていた。丑の刻（午後二時）は、中食《ちゆうじき》を終えてから上杉家の屋敷を出て、ちょうど勝国寺へ着く頃合いであった。

「女駕籠でございましょう。もう少しかかるのでは」

手間どるだろうと小林平八郎が推測した。

「それをよしとはすまいよ」

三郎が口元を緩めた。

「……来ました」

それからすぐに境内へと女駕籠行列が入ってきた。

「さて、本人が謎解きをしたのか、それともお付きの者か、楽しみだな」

小さく三郎が呟《つぶや》いた。

二人の女陸尺《ろくしやく》が担ぐ駕籠のなかで三姫は楽しそうな顔をしていた。

「こんなことでもなければ、屋敷から出られぬ」

大名の姫というのは不便なものである。どこへ行くにもそれだけの理由が要り、十分な警固を用意しなければならない。

それこそ初めて屋敷を出たのが、婚礼のおりだったという姫もいるくらいである。

これは特殊な例だが、出られてもせいぜい菩提寺への参詣くらいというのが普通であった。

「民たちは精一杯じゃな」

駕籠の扉に設けられている御簾窓は、外からなかを窺《うかが》うことはできないが、内から外はよく見える。

三姫は夢中で外の景色に見入っていた。

「姫さま」

駕籠が止まり、伏の声がした。

「もう着いたのか」

残念そうな声を三姫が出した。

「迎えの者が参りまする」

「そうか。引戸を開けよ」

伏に言われた三姫が応じた。

「はい。御駕籠を降ろせ」

侍女である伏の身分は高い。実家も米沢上杉家の中士である。駕籠の戸を開ける、姫の履き物をそろえるなどの雑用はしない。

駕籠脇に付いていた女中がすぐに応じた。

「率爾《そつじ》ながら、米沢由縁のお方さまでございましょうか」

直接の名前を出してしまえば、お忍びという言いわけが効かなくなる。

小林平八郎が名指しはしないけれども、誰か分かるような問いかけをした。

「いかにも。そちらは上野のお方さまの」

「従者を務める小林平八郎と申しまする」

「侍女の伏でございまする」

まず配下同士で挨拶《あいさつ》を交わす。

「なかで主《あるじ》がお待ち申しあげております る」

「承知いたしましてございまする」

小林平八郎の言葉に伏がうなずいた。

「姫さま、お出ましを」

「うむ」

打ち掛けを身に纏《まと》った三姫が、姿を現した。

「…………」

「ただちに」

顔を見るのは礼に反する。声をかけられるまで小林平八郎の身分では、顔をさげたままでいなければならない。

「参ろうぞ、伏」

片膝《かたひざ》を突き、頭を垂れる小林平八郎を無視して、三姫が伏に言った。

「姫さま」

これもまたよくなかった。出迎えた者に一言をかけるのが礼である。伏が姫の態度をたしなめるような声を出した。

「参る」

それも気にせず、三姫が本堂へ歩みを進めた。

「ごめんくださいませ」

主を放っておくわけにはいかない。

小さく謝罪して、伏が三姫の後に従った。

「ただの跳ねっ返りか」

本堂のなかから遠目に様子を見ていた三郎が、三姫の評価を最低にまで下げた。

「見た目は麗しいが、あれではの」

三郎は三姫の器量は認めていた。

「外へ出ることはないが、あれが奥では休まらぬ」

大名や高禄旗本の正室は、家人以外と会うことはまずない。屋敷に来客があっても世話をするのは男の家臣の役目であり、人を雇うような余裕のない御家人とか少禄の旗本でもなりれば、妻は挨拶することもなく奥へ引っこんだままなのが常識であった。

「だが、今さら断ることもできぬ」

姫らしく、ゆっくり近づいてくる三姫を見ながら、三郎はため息を吐いた。

縁談にはいろいろと手順がある。

まず、どちらかから話を持っていく。

「貴家の三姫さまを当家の嫡男の室としていただきたく」

「是非とも当家の姫をお迎えいただきたい」

そこで了承されたら、仲立ち、いわゆる仲人役を頼む。

「お引き受けいたそう」

両家からの要望に仲立ちが了承したら、

「婚姻のお許しを願いまする」

両家から幕府へ届け出をする。

「認める」

「ならぬ」

幕府の決断が下りる。ここで不許可になれば、婚姻は破談になる。

もっともまずこれはなかった。そもそも婚姻をと考えた段階で、内々に幕府の許可を得るのが常識になっているからだ。

すでに将軍も四代になっているが、いまだ幕府は大名同士が縁を繋《つな》ぐことを警戒している。

「手を組んで謀叛《むほん》されては……」

幕府は外様大名同士、それも加賀前田《かがまえだ》家とか薩摩島津《さつましまづ》家、奥州伊達《だて》家、備前池田《びぜんいけだ》家などの一国以上を支配する大大名が仲良くなることを忌避している。

徳川は四百万石という大大名でもある。一門、譜代などを合わせると、その勢力は六百万石をこえる。だが、その領地のほとんどは物なりの多い西国や南国にあり、大坂より西で謀叛が起これば、そこからの収入が途絶する。関東周辺の領地だけでは、旗本すべての禄を出すこともできなくなる。

もし西国の大名が手を結んで叛旗《はんき》を翻せば、少なくとも近江《おうみ》以西は失うことになる。そこに北国の要加賀前田家、奥州の雄仙台《せんだい》伊達家が加われば、徳川は関東を支配する一大名にまで落ちてしまう。

それを幕府は怖れている。当然のようにそういった大大名同士の縁談は、まず認められなかった。

今回のような大名と旗本の婚姻は、逆に推奨される。謀反の怖れはないし、大名のなかに旗本の血筋が入ることは、幕府にとって好ましいことだからである。

届けが通れば、後は流れていくだけ。

日時を決めて、婚姻はなされる。

こういった手順を踏むことが通常であった。

ただ、今回三郎はその一切にかかわっていなかったし、報《しら》されもしなかった。

密《ひそ》かに京都へ行っていたからであった。

だからといって話は変わらなかった。

武家の婚姻は家と家だからだ。家長である吉良義冬と上杉綱勝の意見がすべてを決する。それに異を唱えることはできても、決定を覆すことはできなかった。

「金のかかる妻……」

三郎は、小林平八郎への対応を見て、三姫を女としてではなく、正室というものだと考えることにした。

大名、高禄旗本を問わず、姫とか正室は金がかかる。まず、実家から侍女、お付きの家臣を連れてくる。これらの禄や手当は婚家の負担になった。

一部の地方では、輿入れした姫に子供ができるまではまだ実家に籍があるとして、禄を負担しなくていい場合もあるが、通常は士籍の移動がおこなわれる。

今回の場合は、米沢上杉家の藩士から吉良家の家臣となる。

つまり、吉良家の家臣が増える。

それも転籍してくる前と同じだけの禄を出さなければならない。

吉良は四千石、米沢上杉家は三十万石、この差が響く。

米沢上杉家では、家士に含まれる百石取りは、吉良の家中では用人小林平右衛門《へいえもん》をこえる最高の石高になってしまう。代々譜代の筆頭家臣より、妻にくっついてきた者が高禄を取る。

「なぜ……」

事情を分かっていても、古参に不満は生まれる。

もちろん、米沢上杉家もそのあたりは十分に心得ている。吉良家への遠慮もあるので、せいぜい五十石ていどの者しか付けては来ないだろうし、付き人も二人から三人という少数で終わらせるはずであった。

った。

「これが裕福な大名であれば……」

大名家は嫁に出した娘を大事だと思っているという恰好《かっこう》を見せなければならなかった。

「厄介払いできた」

「どうでもよい」

送り出した娘をそう考えているとなれば、家と家の繋がりはできない。それでは、婚姻させる意味がなくなる。

そこで娘が生きている間は、付き人の禄を実家が負担してくれた。

ただし、これはよほど豊かか、かなり娘を偏愛しているとかだけで、昨今の窮迫した大名家には望めなかった。

「余計な出費だ」

三郎は断れるものなら断りたいと思っていた。

高家というのはほとんど禄の変動がない。なにせ高家は家業であり、礼儀礼法監察、京からの使者の接待、京への使者などは、して当然でしかなく手柄ではない。

そのため、加増がまず望めなかった。

「ご指南を願いまする」

礼儀礼法、古式慣例が要る者からの挨拶金や礼金はもらえるが、それも減ってきている。

「よしなにお教えを願いたく」

勅使接待や院使接待などのお役目を命じられた大名が、どうすればいいかを問い合わせに来る。当たり前ながら土産を持ってきてだ。

その土産が減っていた。

「些少《さしよう》でございまするが……」

五万石ていどの大名が任じられることの多い役目だが、その礼金は二十両から三十両、そこに音物《いんもつ》が付くのが慣例となっていた。

「諸色高騰のおりから」

それが最近は大判一枚と音物になってきている。

大判はこういったときの礼として遣われ十両として換算されるが、実際は七両でしか通じない。

それでもまだましであった。

「ご挨拶を」

白絹三反ほどですまそうとする者も出てきているのが、実態であった。

それに比して出費は増えた。

まず高家は旗本の最上位に位置する。これは幕府の席次で決められている。となるとそれなりのまねをしなければならない。

馬を飼うだけでなく、替え馬も要る。腰に差す刀も、いつ拝見と言われても大丈夫なように名のあるものを帯びておかなければならず、衣服も同じものを着続けるわけにはいかない。とくに殿中で吐く白足袋《たび》は、洗い晒《ざら》しでは恥を掻《か》く。毎回新品をおろさなければいけないのだ。他にも殿中で使う弁当の中身も見られている。世のなかの贅沢《ぜいたく》に合わせて、高家は格を保たなければならなかった。

とくに京との繋がりが、高家を特別なものとしていた。

「雅なるもの」

いつの時代でも同じだが、力の時代が終わると文化の世となる。武士が戦いを忘れ、公家のまねごとをする。これは千年の世襲をしてきた公家への憧《あこが》れであり、同時に武家もそのように代々を重ねていきたいとの渇望であった。

戦国の時代は、源氏《げんじ》以来の名家でもあっさりと潰れた。かつて国の守護《しゅご》に任じられた者で、今も任地をそのまま保持している者は少ない。いや、島津くらいで他は代を継げたが、領国が替わっていたり、小さくなっていたりする。なにより今の大名は、そのほとんどが出自さえ定かではない者ばかりであった。

そのようななかで高家は、領地を失ったり、大きく力を減じてはいるが、長く続いている。まさに武家のなかの公家であった。

さらに京は雅ごとの本場である。衣服の柄、食事の内容、歌学の技とすべてが京を本場としている。

その本場と高家は近い。毎年ではないが何年かに一度、高家は幕府の使者として京へ行く。そこで京の流行に触れてくる。

「これが昨今都で人気の……」

衣服、小間物、書物などを高家は江戸へ持ちこみ、自慢をする。

「さすがは吉良どのじゃ」

その称賛を浴びるために金を遣う。

そういった身につけられるものだけではなかった。

「お願いを仕る」

高家へ礼儀礼法の指南を求める者が屋敷に来るのだ。

「これは見事な」

屋敷が質素では、高家の威厳にかかわる。名だたる画家の手になるふすま絵、金《きん》箔《ぱく》を使った造作、季節を彩る庭、その他に茶室、掛け軸などの飾りもの、まさに金に糸目をつけない銘品を並べてみせなければいけない。

家臣の身形《みなり》も他家に笑われないようにしてやらなければ、高家が恥を掻く。

どう考えても禄と礼金だけでやっていけるものではなかった。

そんな吉良家に負担をかけるであろう嫁が来る。

「まさに厄だな」

三郎はため息を繰り返した。

「姫さま、足下にお気を付けくださいませ」

本堂の階段下まで来た伏が三姫に注意を促す声が聞こえた。

「吾《われ》もまた高家なり」

一瞬で不満を表情から消し、三郎がにこやかな微笑みを浮かべた。

四

家老、用人から苦言を毎日のように聞かされている毛利綱広《つなひろ》が、屋敷から逃げ出した。

「遠乗りをいたす」

「ご療養中でございまする」

用人が顔色を変えた。

病気療養中に物見遊山《ものみゆさん》に出たことがばれて、改易された旗本がいる。毛利綱広がそうならないという保証はなかった。

「笠《かさ》をかぶってくれるわ」

遠乗りのときは網代笠《あじろ》をかぶることが多いが、編み笠のように顔を隠すほど大きくも深くもない。それこそ一目瞭然《りょうぜん》であった。

「殿」

「供をいたせ」

まだ止めようとする用人を無視して、毛利綱広がお気に入りの家臣に合図した。

「はっ」

寵臣《ちょうしん》は藩のことなどは考えない。重用してくれる主君の言うことだけに従う。たちまち馬の用意と供が揃った。

「付いて参れ」

毛利綱広が馬の腹を蹴《け》った。

「……終わりじゃ」

数人の騎乗供とそれぞれに付き従う小者を引き連れた毛利綱広は目立つ。大門をこえて止めようとした用人が膝から崩れた。

江戸市中は馬の早駆けを禁じている。市中では馬をゆっくり歩かせ、人気《ひとけ》がなくなったら思うままに駆けさせる。これが武家の遠乗りであった。

「面倒な」

すでに朝から呑んでいる毛利綱広は、手綱を小者に握られていることに不満を感じていた。

「もうよい、放せ」

毛利綱広がまだ市中であるにもかかわらず、わがままを言い出した。

「今、しばし」

厩《うまや》から付いてきた小者は、家老や用人からしっかりと釘《くぎ》を刺されている。なにより、もし事故でもあれば、毛利綱広の代わりに己が罪をかぶることになるとわかっていた。

「この者が手綱を無理に」

責任を取るつもりなど、毛利綱広にはない。いや、毛利綱広だけでなく、その寵臣たちもだ。

「放せと言った」

「…………」

苛立《いらだ》つ毛利綱広に小者は反応しなかった。

「おのれはっ」

毛利綱広が顔を赤くした。

「言うことをきかぬかっ」

小者の身体を毛利綱広が竹でできた馬上笞《むち》で打った。

「つっ」

痛みに呻《うめ》きながらも小者は手綱を握り続けた。

「ええい、強情なやつめ」

毛利綱広が今度は馬の尻《しり》を笞で叩《たた》いた。

叩かれれば馬でも痛みを感じる。馬が痛みから逃げようとして、暴れた。

「落ち着け、落ち着け」

小者が必死で押さえた。

「走れ、走れ」

ふたたび毛利綱広が馬を叩いた。

「あっ」

ついに小者では押さえきれなくなり、手綱を放してしまった。

「行けっ」

毛利綱広が馬を駆けさせた。

「殿、お待ちを」

寵臣たちも後に続くしかなくなった。

「危ねえ」

「なにしやがる」

馬に驚いた江戸の民が驚愕《きょうがく》の声をあげた。

「……お報せせねば」

置いて行かれた小者が、蒼白《そうはく》になって屋敷へと走った。

三郎は本堂の縁側まで出て、三姫を迎えた。

「ようこそのお出《い》でござる。吉良上野介にござる」

頭をさげることなく、呼び出した側としての礼儀として、三郎は先に名乗った。

「お名乗りをちょうだいし、恐悦至極に存じまする。わたくしめは米沢上杉家にて奉公をいたしておりまする伏にございまする」

伏がていねいに名乗った。

「そしてこちらが、三姫さまでございまする」

貴人の姫は初対面の男と会話をしない。この辺りは吉原《よしわら》の遊女と同じである。というより、吉原が遊女を持ちあげるためにまねしたのであった。

「よしなに願う」

穏やかな笑みを三郎は浮かべた。

「目金不動尊さまにお参りを」

三姫は三郎になにも言わず、本堂へ入っていった。

「姫さま」

さすがの無礼に伏が顔色を変えた。

「申しわけございませぬ」

「……播磨守《はりまのかみ》どのには、いささか弾正少弼《しょうひつ》は早《はよ》うございますな」

謝罪する伏の耳にだけ聞こえるように三郎がささやいた。

「それはっ」

伏の顔から血の気が引いた。

米沢上杉家は、軍神と崇《あが》められている上杉謙信《けんしん》が弾正少弼を受領名としていたことから、代々それを受け継いできた。

綱勝の父定勝《さだかつ》は少弼より一段上の弾正大弼《だいひつ》に任じられていたが、これは上杉と徳川幕府の和解という背景があってのことで特例であった。

その定勝から家督を受け継いだ綱勝は、世子《せいし》のときに与えられた播磨守のままである。

「なにとぞ、弾正少弼へのご推挙を」

米沢上杉家の家督を受け継いだからには、弾正少弼に任じられたい。何度となく上杉綱勝は幕府へ願っていたが、その返答はなかった。

「高家肝煎《きもいり》と縁ができれば……」

上杉綱勝は、ひそかに期待している。

それを三郎は、蹴飛ばすと暗に告げたのであった。

「…………」

冷たく笑う三郎に、伏が息を呑んだ。

「悍馬《かんば》に手綱を付けられぬお方に、京の治安を担う弾正台《だんじょうだい》のお役目はいささか厳しい」

三郎は目金不動尊に手を合わせている三姫を見た。

「まことに申しわけもございませぬ」

事実だけに伏は目を伏せるしかなかった。

「この判じ物は、どなたが」

「姫さまが、すぐに」

一応謎解きをさせた三郎が問うたのに、伏が食いつくように告げた。

「なるほど。それはお見事でございました」

三郎は感心した。

「龍の目を金目、山を不動、天神さまを丑、そう三姫さまは解かれました」

「まちがいないの」

伏の説明に三郎がうなずいた。

龍眼は金で表されることが多い、これで目金。武田《たけだ》家の旗印で有名な風林火山の山は動かざること、すなわち不動。天神の使いは丑、ここから丑の刻。どれも単純なものだが、旗印などは女が得意とするものではなく、思い当たらないこともある。

それをしっかりと読み解いた三姫の知識を三郎は素直に認めた。

「では、これにて」

三郎は三姫を見抜くことができたことで、参籠せずに帰ろうとした。

「お、お待ちを」

伏が三郎の袖《そで》を握って、縋《すが》った。

「ひ、姫さまとのご婚姻は」

「なしますぞ。断ることはできませぬ」

三郎が答えた。

「では姫さまをご正室さまとして」

「迎えまする。もっとも外へは出しませぬが」

念を押した伏に三郎が言った。

「…………」

伏が目を伏せた。

「それをお望みでございましょう。お誘いしておいてなんではござるが、日が暮れぬうちに戻られよ」

さっさと屋敷へ戻れと三郎が述べた。

「若さま」

外にいた小林平八郎があわてて近づいてきた。

「どうした。騒々しいぞ」

三姫がいる。三郎が小林平八郎を叱った。

「お叱りは後ほど。遠駆けの馬が近づいておりまする」

「遠駆け……か」

小林平八郎の報告に三郎が眉《まゆ》をひそめた。

遠駆けをするような武家は、馬を飼えるだけの家格と禄がある。

「何騎見えた」

「四騎かと」

「多いな」

騎乗身分の仲間とともにという場合は、まだよかった。せいぜい一千石ていどだからである。これくらいならば、吉良や米沢上杉ともめ事を起こそうとは考えない。まちがいなく、負けるとわかっているからだ。

しかし、そうではなく、主君あるいは一門とその供となると話は変わる。家臣で騎乗できる者を三人連れているというだけで、大名かよほど高禄の旗本になる。こうなるとまず吉良や米沢上杉の名前で引いてくれなくなる。なにせ、こちらは嫡男と姫なのだ。相手が一万石の大名でも、当主であれば格上になる。

しかも婚姻は約しているが、まだ婚儀はすませていない。未婚の男女が寺で密会と言われても仕方ない状況にあった。

「まずいな」

「やり過ごせぬな」

本堂前に控えている姫駕籠行列を見ながら、三郎が嘆息した。

「やむを得ぬ。山門を出たところで応対する」

「承知」

三郎の決断に小林平八郎が首肯した。

「上野介さま……」

三姫の盾になると言った三郎に、伏が驚いた。

「招いたのは吾だからな。それくらいはさせてもらおう。できれば、姫どのにはおとなしくしていていただきたい」

出てこないように見張っておけと三郎が伏に指示をした。

「かたじけのうございまする」

一礼した伏か三姫へと向かうのをちらと見て、三郎は外へと足を踏み出した。

生意気な小者を置き去りにした毛利綱広は、どこへ行くとも決めず、馬の足に任せて駆け回っていた。

「喉が渇いた」

「あそこに寺らしきものが見えまする。あそこで茶などご所望なされてはいかがでございましょう」

寵臣の一人が勝国寺を見つけた。

「それはよろしかろうぞ」

毛利綱広が同意した。

「拙者が先触れを」

別の寵臣が、馬の速さをあげた。

寺の山門は開かれている。近づいた寵臣の目に、境内で待機している女駕籠行列が入った。

「あれは……」

寵臣が戸惑った。

女駕籠行列ということは、少なくとも身分ある女性《にょしょう》が勝国寺に参詣している。そこへいきなり馬で乗り付けるのは、相手によってはまずいことにもなりかねなかった。

「……殿」

あわてて戻った寵臣が毛利綱広に語った。

「女駕籠行列だと。おもしろいではないか。姫か奥方かは知らぬが、顔を見てやろう。見目麗しければ、余の側に置いてやってもよい」

酒を呑んだ上での遠駆けで酔いの回った毛利綱広は、興味を見せた。

「殿、それはさすがに」

「参るぞ」

他家を巻きこむのはと諫言《かんげん》しかけた寵臣を置いて、毛利綱広が馬を駆けさせた。

「近づいてくるな。どうやら穏やかな結末は望めぬようだ」

三郎がため息を吐いた。

「…………」

小林平八郎が太刀の柄《つか》に手をかけた。

「そなたは行列を守れ。吾が招待じゃ。姫に毛ほどの傷を付けるわけにもいかぬ」

「はっ」

するすると小林平八郎が山門まで下がった。山門の中央に立ちはだかれば、通り抜けられることはない。

「どこの愚か者だ」

三郎が一歩前に出た。

「どちらのお方かは存ぜぬが、今、高貴なお方が参籠中でござる。しばし、ご遠慮を願いたい」

間合いが五間《けん》（約九メートル）を切ったところで三郎が声をあげた。

「毛利長門守である。そちらの主《あるじ》は誰か」

「お忍びでござれば、ご配慮を」

名乗りに対して、三郎が口にできないと返した。

「無礼であろう。余が問うておる」

毛利綱広が声を荒らげた。

「やはり愚かだな」

三郎も毛利家から吉良家へ持ちこまれた話とその結果を知っている。三郎のなかで毛利綱広の評価は底辺に近い。それがさらに落ちた。

「名乗れぬと申しあげた」

「殿のお言葉であるぞ」

ふたたび拒んだ三郎に、寵臣の一人が反駁《はんばく》した。

「あいにく、吾の殿ではないのでな」

主君ではない者の言うことなんぞ、知ったことかと三郎が言い返した。

「こやつっ」

寵臣が脅しのつもりか、太刀を抜いた。

「馬上で太刀とは……」

三郎が嘲笑《ちょうしょう》した。

馬には首がある。その首が邪魔をして左側にいる敵には攻撃しにくい。太刀を振るうときは、左側に従者が付くか、下馬して戦うのが心得である。それを知らないということに三郎はあきれた。

「嗤《わら》うな」

顔を真っ赤にした寵臣が、馬ごと迫ってきた。

「…………」

無言で馬を右に見る位置へと動いた三郎が、寵臣の左足の臑《すね》を太刀で斬った。

「ぎゃあああ」

致命傷にはならないが、肉が薄く人体の急所でもある臑を斬られた寵臣が絶叫して、落馬した。

「弥次右衛門《やじうえもん》」

「おのれっ」

それを斬り殺されたと勘違いした毛利綱広と別の寵臣が同じように太刀を振りあげた。

「よいのか、長門守」

三郎が低い声を出した。

「な、なんだ」

毛利綱広が受領名を呼ばれて、驚いた。受領名を呼び捨てにできるのは、格上の大名か、官位が上の者になる。

「そなたは……」

「名乗れば、ただではすまぬぞ」

三郎が毛利綱広の問いに口をゆがめてみせた。もちろん、上杉の三姫と密会していたと知られる三郎も無事ではすまなくなるが、受ける被害は毛利綱広より軽い。

「殿」

今ならなかったことにしてやると言外に示した三郎の意図に気づいた寵臣の一人が毛利綱広に声をかけた。

「ここは、一度」

「しかしだな、このままでは吾が肚《はら》が癒《い》えぬ」

毛利綱広が悔しげに言った。

「弥次右衛門の傷を医者に診せねばなりませぬ」

「む、そうであったな」

寵臣に言われて、毛利綱広が斬られた弥次右衛門が生きていることに気付いた。

「興が削がれた。戻るぞ」

さっさと毛利綱広が馬首を翻した。

「一人で乗れるか」

「無理じゃ」

「手を出せ」

足を斬られた弥次右衛門が首を横に振り、別の寵臣が手を伸ばして馬の後ろへと乗せた。

「馬はこちらで連れていく」

もう一人の寵臣が弥次右衛門の馬の手綱を握った。

「………」

三郎と目を合わさぬようにして、寵臣たちが毛利綱広の後を追った。

「若さま」

山門を守っていた小林平八郎が駆け寄ってきた。

「ご無事で」

「なにもないわ」

心配する小林平八郎に苦笑しながら、三郎が太刀を差し出した。

「御免」

その刀身を小林平八郎が懐紙で拭《ぬぐ》った。わずかとはいえ、人を斬ったのだ。しっかり手を入れておかねば、刀が駄目になる。

「帰ろうぞ」

「はっ」

疲れたと言わんばかりの三郎に、小林平八郎が従った。

「……伏」

そのすべてを三姫は本堂の縁側でずっと見ていた。

「婚儀の日取りを決めてくださるように、兄上へ話をしてくれや」

「……姫さま」

三姫の言葉に伏が目を大きくした。

「退屈しないわ。嫁ぐわ」

浮かれたような目で三姫が宣した。


（本書は書き下ろしです）

高《こう》家《け》表《ひょう》裏《り》譚《たん》7

婚《こん》姻《いん》

上《うえ》田《だ》秀《ひで》人《と》

令和5年 7月25日　初版発行

発行者●山下直久

発行●株式会社KADOKAWA
〒102-8177　東京都千代田区富士見2-13-3
電話　0570-002-301（ナビダイヤル）

角川文庫 23743

印刷所●株式会社暁印刷
製本所●本間製本株式会社

表紙画●和田三造

●お問い合わせ
https://www.kadokawa.co.jp/（「お問い合わせ」へお進みください）
※内容によっては、お答えできない場合があります。
※サポートは日本国内のみとさせていただきます。
※Japanese text only

ISBN 978-4-04-113993-6　C0193

◇◇◇

角川文庫発刊に際して

角川源義

第二次世界大戦の敗北は、軍事力の敗北であった以上に、私たちの若い文化力の敗退であった。私たちの文化が戦争に対して如何に無力であり、単なるあだ花に過ぎなかったかを、私たちは身を以て体験し痛感した。西洋近代文化の摂取にとって、明治以後八十年の歳月は決して短かすぎたとは言えない。にもかかわらず、近代文化の伝統を確立し、自由な批判と柔軟な良識に富む文化層として自らを形成することに私たちは失敗して来た。そしてこれは、各層への文化の普及滲透を任務とする出版人の責任でもあった。

一九四五年以来、私たちは再び振出しに戻り、第一歩から踏み出すことを余儀なくされた。これは大きな不幸ではあるが、反面、これまでの混沌・未熟・歪曲の中にあった我が国の文化に秩序と確たる基礎を齎らすためには絶好の機会でもある。角川書店は、このような祖国の文化的危機にあたり、微力をも顧みず再建の礎石たるべき抱負と決意とをもって出発したが、ここに創立以来の念願を果すべく角川文庫を発刊する。これまで刊行されたあらゆる全集叢書文庫類の長所と短所とを検討し、古今東西の不朽の典籍を、良心的編集のもとに、廉価に、そして書架にふさわしい美本として、多くのひとびとに提供しようとする。しかし私たちは徒らに百科全書的な知識のジレッタントを作ることを目的とせず、あくまで祖国の文化に秩序と再建への道を示し、この文庫を角川書店の栄ある事業として、今後永久に継続発展せしめ、学芸と教養との殿堂として大成せんことを期したい。多くの読書子の愛情ある忠言と支持とによって、この希望と抱負とを完遂せしめられんことを願う。

一九四九年五月三日